书中历险记
书籍走私贩

[英]安娜·詹姆斯 / 著　[意]马可·瓜达卢皮 / 绘　阿眩 / 译

浙江教育出版社·杭州

图书在版编目（CIP）数据

书中历险记. 4, 书籍走私贩 / （英）安娜·詹姆斯著 ；（意）马可·瓜达卢皮绘；阿眩译. -- 杭州 ：浙江教育出版社, 2025. 2. -- ISBN 978-7-5722-8600-1

Ⅰ. I561.84

中国国家版本馆CIP数据核字第2024GG8059号

浙江省版权局著作权合同登记号 图字：11-2024-250号

PAGES & CO. (4)-THE BOOK SMUGGLERS ('Title 4')
Text copyright © Anna James 2021
Illustrations copyright © Marco Guadalupi 2021
Translation © 2025 translated under licence from HarperCollins Publishers Ltd.

书中历险记4 书籍走私贩
SHUZHONG LIXIANJI 4 SHUJI ZOUSIFAN
[英]安娜·詹姆斯 著 [意]马可·瓜达卢皮 绘 阿眩 译

责任编辑	赵清刚
美术编辑	韩 波
责任校对	马立改
责任印务	时小娟
特约编辑	田 颖
特约监制	王秀荣
封面设计	郝欣欣
版式设计	黄 蕊
出版发行	浙江教育出版社
地　址	杭州市环城北路177号
邮　编	310005
电　话	0571-88900883
邮　箱	dywh@xdf.cn
印　刷	天津盛辉印刷有限公司
开　本	880mm×1230mm　1/32
成品尺寸	145mm×210mm
印　张	9.25
字　数	168 000
版　次	2025年2月第1版
印　次	2025年2月第1次印刷
标准书号	ISBN 978-7-5722-8600-1
定　价	39.00元

版权所有，侵权必究。如有缺页、倒页、脱页等印装质量问题，请拨打服务热线：010-62605166。

献给我的侄子米罗,
他懂得书魔法的力量。

目录

前情提要 ·· 1

序幕 ·· 3

米罗卷

1 相当不错的男主角 ······································ 9
2 以点子作为动力 ······································· 13
3 我一直就知道这条铁路被施了魔法 ······················· 17
4 提前知道了答案 ······································· 22
5 书的结尾处是个可怕的地方 ····························· 26
6 一片想象 ··· 32
7 这个世界的想象力 ····································· 36
8 奇遇永远不会发生在一个听话地坐着不动的人身上 ········· 41
9 一小段弯路 ··· 46
10 多得多的疑问 ·· 50
11 不全是魔法和奇思妙想 ································ 55
12 一次一件事 ·· 61
13 一项交易 ·· 66
14 建立伙伴关系的理想环境 ······························ 71
15 一趟不明确且可能很危险的旅程 ························ 76
16 不止一个故事 ·· 80

蒂莉卷

17　再写一封信 ……………………………………… 87
18　一场鼓舞人心的好演讲 ………………………… 94
19　你只需要想象 …………………………………… 100
20　热巧克力总能帮上忙 …………………………… 105
21　这并不是一个是或者否的问题 ………………… 110
22　我们出发去见女巫 ……………………………… 117
23　完全没脑子 ……………………………………… 125
24　被驱逐 …………………………………………… 130
25　炼金术士 ………………………………………… 134
26　一个讨价还价的好工具 ………………………… 142
27　刺激和绝对的、压倒一切恐惧的有趣混合 …… 149
28　毒书 ……………………………………………… 156

米罗卷

29　埃瓦莉娜的文学好奇心 ………………………… 163
30　安慰毯书 ………………………………………… 166
31　炼金术士 ………………………………………… 172
32　水上的毒药 ……………………………………… 177
33　总能让人浮想联翩 ……………………………… 181
34　一种原则 ………………………………………… 186
35　我明白你看见那行小字了 ……………………… 194

36	谋杀起来也相当随意	200
37	时机不好	203
38	有个邪恶大天才父亲，生活并不容易	213

蒂莉卷

39	与恶魔的交易	219
40	书魔法各种各样的用法	225
41	匿名读者	235
42	在你的想象中再见	244
43	漂浮在故事世界里	248
44	最重要的工作	251
45	再等一会儿	259
46	我一直就知道这铁路被施了魔法（再现）	262
47	更多的秘密	267

米罗卷

48	有很多事要解释	277

前情提要

在《书中历险记1 书行者》中,十一岁的少女玛蒂尔达·佩吉斯(蒂莉)偶然间开启了自己与生俱来的书行能力。在寻找母亲的过程中,蒂莉发现自己的父亲竟然是书中的虚构人物,这意味着,她也是半虚构的。

在《书中历险记2 遗失的童话》中,蒂莉和奥斯卡进行了一场童话故事的书行之旅,可童话世界竟然频繁出现磨损、错乱,甚至崩塌。安德伍德姐弟不仅控制了大英地下图书馆,提出"书籍封印"计划,还妄图利用蒂莉的血液,窃取书魔法,以求获得永生。

在《书中历险记3 地图故事》中,蒂莉从童话中获得的"地图"线索,指引着她和奥斯卡踏上了寻找档案馆管理员的旅程。他们在寻找的过程中偶遇了一列靠燃烧想象力前进的"长词号"火车,还结识了新伙伴米罗。

最终，蒂莉在众多虚构人物的帮助下，解封了大英地下图书馆里所有的源本书，成功阻止了安德伍德姐弟的阴谋。

序幕

寄到佩吉斯书店来的这本书，包着牛皮纸，还捆了细绳。上面贴了一堆五颜六色、不成套的邮票，收信人栏写着阿奇博尔德·佩吉斯。那天早上，阿奇博尔德的外孙女蒂莉捡起了一捆邮件，拎着它穿过他们家的佩吉斯书店，进了自家的厨房。一直等到书店关门，阿奇才注意到这捆邮件。他端来一杯茶坐在那里，翻拣着邮件里的账单、信件和出版商寄来的书。

"这是什么？"他双手翻动着一个包裹，问道。它包得方方正正，牛皮纸折得棱角分明，只在运输的过程中稍微有些破损。

"就是那堆邮件里的呀，"蒂莉说道，"您是在等什么激动人心的好东西吗？"

"我不记得有什么啊，"阿奇答道，"不过这看起来也挺激动人心的，不是吗？从邮票来看，我猜这东西好像是从……意大利寄来的？真是令人好奇。"他拿出小刀，从包裹的一头整齐地割开了胶带，剥开了包装纸。牛皮纸发出了特有的令人愉悦的声响，阿奇从里面拿出来一本精装书。书的封面破旧不堪——深绿色的布面边缘已经磨损，

有几页明显又脏又破。书脊上金色的字也已经褪色了,封面上用意大利语写着书名《绿野仙踪》,作者 L. 弗兰克·鲍姆。

"一本意大利语版的《绿野仙踪》。"阿奇欣赏地说道,爱不释手地摩挲着书页的边缘,"关于邮票我说对了。可我们并不认识什么在意大利的人,对吧,埃尔茜?"

他把最后这个问题抛给他的妻子,也就是蒂莉的外婆,她刚走进厨房。

"不认识啊,"她说,"这不会又是一件你在网上买完又忘了的东西吧?"

"这个不是。"阿奇咧嘴一笑。

"书里没有什么纸条吗?"蒂莉问道。

"好问题。"阿奇说着翻开书的封面,露出一张长方形的小卡片。卡片上只有一个用黑墨印下的符号:一条线横着从一个圆圈中间穿过,线在中间往下一折,看起来就像简略的飞鸟图案,或者一本打开的书。阿奇把卡片翻过来,可背面什么也没有。

"怪事,"他小心地翻动书页,但书里也没夹着别的什么东西,"这符号我从没见过,完全看不出什么。"

他站起来,翻了翻其余的邮件,想看看还有没有别的也是从意大利寄来的东西,但只有那本书和那张卡片是。阿奇重重地坐下,脸色发白。

"天哪，你怎么一副累坏了的样子。"埃尔茜说着走过来，凉凉的手搭上他的额头，"你发烧了。"这天很暖和，但并没有热到让阿奇的皮肤上迅速聚起汗珠子的地步。

"就是工作累过头了，"阿奇安慰她，"毕竟我已经不年轻了！不过你这么一说，我确实觉得有点不舒服——可能得马上躺会儿。"

他站起身，可很快又摇晃了一下。埃尔茜只好扶着他上楼，到卧室里去。

※

"他躺下就睡着了。"埃尔茜回到厨房，担心地说道，"还有一件怪事——我扶他躺下的时候，发现他的手指头全都紫了。"

"紫了！"蒂莉惊讶地重复道。

"对，搞得像他刚才一直在摘黑莓似的。我还想他是不是碰了什么导致他过敏的东西……"她的声音弱了下去，和蒂莉一齐转过身，盯着桌上那本神秘的书。

埃尔茜小心翼翼地拿起那张包书的牛皮纸。

"可他不可能对纸或者书之类的东西过敏啊，是吧？"蒂莉问道，"不然他肯定早就发现了，毕竟他一直都在书店里工作。"

"这本书看起来很旧了，"埃尔茜指出，"也许上面抹过某种他很敏感的胶水，或者什么不好的东西？"

"但不是有意的？"蒂莉紧张地问道。

"天哪,不是吧。"埃尔茜说道,"我是说,肯定不是。"她顿了一下,担忧地看了蒂莉一眼。"不过他确实很能得罪人。还有,这些年来我们在书里的世界也树敌不少。但是,不是吧,谁会给你外公寄什么有毒的或者危险的东西呢?"

蒂莉并没有被说服,从外婆脸上的表情也可以看出,埃尔茜自己也对这话没底。

"好吧,我们先把这书收到安全的地方。"埃尔茜说道,用厨房钳子夹起那本书,塞进了一个大大的三明治塑料袋里,"等阿奇醒了,我们就能知道他这回是惹了谁了。"

可是,两个星期后,他也没能醒来……

米罗卷

1
相当不错的男主角

米罗·博尔特读了很多书,他深知,至少在纸上,他会是一个相当不错的男主角。他和自己读过的那么多冒险故事里的角色,有那么多的共同点:父母不幸英年早逝,并且死因扑朔迷离;现在他由一位叔叔抚养,而这位叔叔似乎也很受不了他;他的住处是一列有魔法的火车,专门追踪那些丢失或者被遗忘的书。

然而,尽管如此,他还是忍不住觉得,即便在自己的故事里,他也只是个配角。

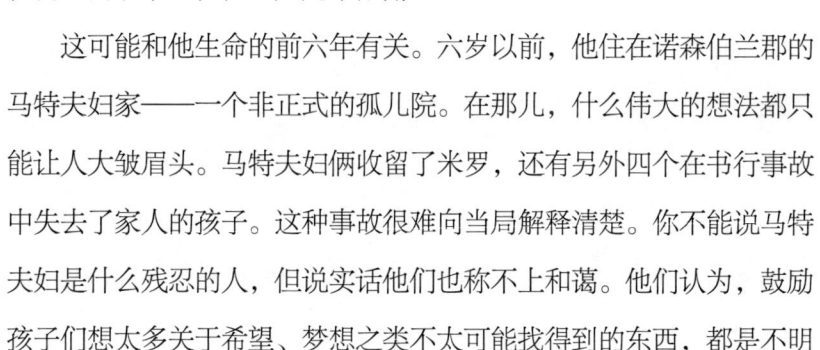

这可能和他生命的前六年有关。六岁以前,他住在诺森伯兰郡的马特夫妇家——一个非正式的孤儿院。在那儿,什么伟大的想法都只能让人大皱眉头。马特夫妇俩收留了米罗,还有另外四个在书行事故中失去了家人的孩子。这种事故很难向当局解释清楚。你不能说马特夫妇是什么残忍的人,但说实话他们也称不上和蔼。他们认为,鼓励孩子们想太多关于希望、梦想之类不太可能找得到的东西,都是不明智的。

就这样，到了六岁，米罗除了自己的名字外一无所知。然后他的叔叔霍拉旭就出现了。那是在诺森伯兰郡一个伸手不见五指的暴风雨之夜，霍拉旭没有多做解释就把米罗带到了自己的火车长词号上。这列就算不是非法也是非官方的火车，是靠燃烧想象力驱动的，但尽管如此，叔叔还是不鼓励米罗多做书行之类的事情，让他只在火车上好好帮忙就是了。米罗知道了父母的名字，但除此之外对他们也没什么了解了，而且不知怎的，他感觉自己比在马特夫妇家时还要孤独。从来没有人告诉过他，为什么霍拉旭要等到他六岁才来找他。他有过一些猜测，包括暂时性失忆、政府部门出了什么岔子，或者邮政服务出了差错。

这会儿，米罗正坐在自己那个靠近火车尾部的小车厢里，读着一本关于龙和山里秘密传送门的书，突然就被车厢角落的铃声打断了。这铃响的节奏不太均衡，因为车厢里的空间太小了，铃铛响起来有一边就会撞到床。大多数时候，似乎所有的东西都会丁零当啷地撞来撞去。

不过铃响就表示霍拉旭有事找他，米罗把一张书签夹在书里，出去找叔叔。

米罗在火车里面一路拣着下脚的地方，穿过一节又一节的车厢，走去霍拉旭的办公室。这些车厢里堆满了奇奇怪怪的书和书稿，有一节里还塞了一台巨大的印刷机，占据了大半个车厢；另一节车厢里则有一张很宽的桌子，上面摆满了剪刀、线头、纸和布头，那是霍拉旭修补坏书的地方。

在私人车厢和餐车之间，也就是那些付费旅客或客户们聚集的地方，一条走廊连接起了不多的几个豪华客房。客房只设置了三个，目的是最大限度降低藏书家与竞争对手狭路相逢的概率。用霍拉旭的话来说，"要营造一种排他的氛围"。从长词号的车顶上走完整列火车速度会更快，但米罗喜欢偷瞄那些豪华的房间，其中一间庄严宏伟，装饰着天鹅绒和金子；另一间则优雅宁静，用白色的亚麻布和淡色的木头装饰；还有一间温暖而颓废，里面有刺绣丝绸和流苏灯。

走过那一片就到了餐车，叔叔正坐在里头一张宽大的桌子旁，桌上放着一杯冒着热气的黑咖啡。虽然霍拉旭从来不承认，但米罗知道，一家人的容貌总是惊人的相像。他们有着同样的暖棕色皮肤、深棕色眼睛和同样的超深棕色卷发，尽管霍拉旭的头发里已掺杂了几缕灰色。

"你来了，"霍拉旭头也不抬地说，"怎么这么久？"

"我一听到铃声就来了。"米罗说道，他已经习惯霍拉旭这么说了。对于霍拉旭来说，什么都不够快、不够好、不够干净，米罗已经学会尽量不把这当回事了。

"我们又来新订单了，"霍拉旭说，"植物学家下的。她听说有一个神秘的毒药纲目，想要追查下去。这个纲目的确切形态也许是一个橱柜、一本书或者一个盒子，她也不太清楚，但肯定是一种巧妙的容器，也有可能被伪装成了别的东西。不管外表是什么样子，它肯定藏在了很难找到的地方，所以她愿意花大价钱去找。我明白她是想找到一些对她目前的研究来说很关键的配料。总之，听起来是件精巧的人工制品。"

植物学家是个老顾客了，不过米罗从没见过她本人，也从没见过别的人。她经常雇霍拉旭去追查一些跟植物和毒药有关的东西，危险又刺激。每当他们要把书交给她，就会回到诺森伯兰郡的荒野中，在哈德良长城那摇摇欲坠的遗迹间见面。米罗很喜欢看哈德良长城，尽管他并不被允许从火车上下去。

"你知道那东西在哪儿吗？"米罗问。

"还不知道，"霍拉旭说，"不过已经有些眉目了。这种东西不会有多少人收藏的。植物学家坚信它藏在一本书里，我也倾向于这个想法。就像我以前说的，有了一个猜想，我得先确认了，才能着手去找。"

"那您要怎么确认？"米罗问道。

"我们还没有掌握明确的证据，证明它在哪儿，但我们确实知道了它的最后一个主人是谁——是一个书行后就再也没有出现过的人。所以，假如这个人真去了我觉得他会去的那个地方，我们就能知道这个毒药纲目在哪儿了。"

"但我们怎么知道这个人书行去哪儿了呢？"

"去档案馆走一趟喽。"霍拉旭笑着说。

2
以点子作为动力

米罗的心头微微一跳，档案馆与他最珍贵的回忆连在一起。去年，霍拉旭在一张地图的指引下，跌跌撞撞地进入了层层故事的深处，找到了这个档案馆。可在第二次去拜访时，米罗偶然间发现了两个偷偷搭上火车的人——蒂莉和奥斯卡。他们俩也一直在追查档案馆的下落。就在他们要去把大英地下图书馆里被封印的书解封的时候，他帮了他们一个忙，只是一点点忙。他从未被允许进入过档案馆内部，但自从霍拉旭发现了档案馆的存在后，他们就去得越来越频繁。霍拉旭利用或者要求的任何东西，都显然是对他的生意有帮助的。

"我说话你在听吗？"霍拉旭边说边在米罗的脸前敲着手指，打断了他给蒂莉和奥斯卡帮忙的白日梦。

"在听呢，"米罗含含糊糊地说，"您想让我……"

"去给长词号点火，准备出发。"霍拉旭不耐烦地叹了口气，"我们至少还得消耗好几个充满魔法的玩意儿，才到得了档案馆。"

霍拉旭从来没有一五一十地解释过，长词号是怎么在故事世界里穿行的，它以想象力作为动力，从一个地方到达另一个地方。米罗确知无疑的是，它确实能到达他们能想象出来的任何一个地方。米罗的一项主要工作就是保证发动机轰鸣，充满闪闪发光的书魔法。这些魔法是由想象力创造的，而这些想象力则是从乘客那里收集来的。如果你想让霍拉旭帮你找一本书，或者去任何能躲开搜查和官方监视的地方，那么点子和想象力就是你登上长词号要交的车费。尽管米罗经常感觉长词号还提供了别的更隐秘的服务，更别提还有人用更冒险的方式支付酬劳。但每次他试图问霍拉旭的时候，只会听到叔叔最喜欢说的那句话："凭良心你哪儿也去不了，孩子。"

"你今天怎么回事？"霍拉旭说着，把米罗赶回房间，"丢魂了！手脚麻利些，我们可没有一整天的时间了。"

米罗点点头，匆匆走出餐车。没人陪着，他是不被允许进入霍拉旭的办公室的，所以他爬上梯子，走到车厢顶上，走过了叔叔的私人车厢，再爬下去进入驾驶室。这个房间比普通蒸汽火车的驾驶室要小得多，因为不需要留出地方放煤炭，他们只需要有足够的书魔法储备就行了。木头和纸是书魔法最有效的导体，他们就用木球收集人们的点子和想象，再把木球扔进炉子里燃烧，以此推动列车穿过层层故事世界。

米罗从挂在门边、装满木球的网兜里抓出三个木球，它们正微微闪着光。他每次抓起木球，手指都会感觉到轻微的刺痛，就像有静电一样。他把它们投进发动机，木球被火焰吞没，开始发出更加活泼的光。档案馆藏在故事世界的深处，但米罗坚信，只要这些书魔法不是来自某个特别迟钝的人，三个木球就足够把他们带到那里。

有炉火在，这间驾驶室很暖和，也不会很不舒服。米罗在自己平常待的角落蜷成一团，留意着越烧越旺的火。他从裤子后兜里掏出一本破旧的平装书，纠结了一下是用更传统的方式阅读，还是赶在霍拉旭来查看前冒险进入书行。这是一本经常看的书，他确信不会出什么岔子。最后查看了一眼发动机，他发现炉火会这样好好地烧一阵子，于是心满意足地打开书，翻到自己最喜欢的几章，把自己书行进了故事里。

隧道的入口离三根烟囱有一点距离,妈妈就让他们把午饭装在篮子里带上了。如果他们找到了樱桃,也正好能用这篮子带回来。她还把自己的银表借给他们,免得他们误了下午茶时间……

随着米罗的阅读,这间温暖的小车厢开始在他周围咔嗒咔嗒地沉了下去,让位给了明亮的阳光和充满烤棉花糖香味的空气。空气清新得让人感觉呼吸都有点疼。米罗站在陡峭的山坡上,坡上长满了树和灌木。就在他左手边几米远的地方,有三个孩子正伸长了脖子往木栅栏的下边张望。有一个和他差不多大的女孩,一个比他小一岁左右的男孩,还有一个正踮着脚尖想看得更清楚些的更小的女孩。

山坡在另一面骤然消失了,就沿着一条铁轨消失在拐角处黑咕隆咚的隧道里。这三个孩子的名字分别是罗伯塔(也可以叫她伯比)、彼得和菲莉丝。

他们都不认识米罗,但米罗认识他们,因为他将大把的空闲时间都花在了这几个铁路边的孩子们身上。

3
我一直就知道这条铁路被施了魔法

"你们在看什么呢？"米罗朝这姐弟三人喊道，尽管他很清楚他们在看什么。这本《铁路边的孩子们》①，几乎每一章他都书行过好几遍了。他一边朝他们走去，一边把书塞回口袋里，努力摆出一副并不急切的样子。

"你好。"彼得说道，三个人转身看着米罗，"我刚才没听到你在后面——你不是在监视我们吧？"

"喂，和气点儿。"伯比低声对弟弟说道，又笑着转向米罗，礼貌地问，"你是从这附近来的吗？"

"离这儿不远。"米罗含糊地答道，他并不知道官方的规则是怎样的，但就他自己的经验而言，书里的人物都比较容易接受你出现在那里，只要你别做出太奇怪的举动，而且米罗这一身破旧的裤子和衬衫也融入得很好。他太熟悉这三姐弟了，但每次书行进来拜访他们都要重新介绍自己，这总让他感觉有一点心痛。

---

① 编者注：《铁路边的孩子们》是一部经典儿童小说，出版于1906年，讲述的是二十世纪初几个英国孩子的成长故事。

"那你就住在这附近喽?"彼得追问道,"你上学了吗?"

"没有,我跟我叔叔住在一起,"米罗一贯用这种含糊的解释,"但我觉得,不会永远都这样的。"

"你是说你跟他住在一起,是因为你爸爸不在家,就像我们的爸爸一样?"菲莉丝问话的口气有点雀跃,但米罗注意到,在提到他们爸爸的时候,伯比的脸上闪过了一丝阴霾。

"我爸妈都不在了。"米罗尽量平淡地说道。他每次都要这样尽力加快语速说完,可他们三个总是很好奇,想谈谈自己的爸爸。

"哦,真糟糕。"彼得脸上的敌意立刻消失了。

"我们的爸爸只是走了。"菲莉丝解释道,"虽然我们不知道他去哪儿了,可是在家里也不能谈起,不能争论,不然妈妈就会不高兴。"

伯比又对米罗笑了一下,这回不是刚才出于礼貌的那种笑,而是更淡更小心翼翼的那种,充满了理解。

"不管怎么样!我们在找樱桃呢!"菲莉丝主动说道,咧嘴笑着在已经很脏的围裙上擦了擦手,"那儿有一些,就在这另一边——"

她的话被一阵"沙沙"的声响打断了。米罗当然很清楚是怎么回事,但这对于他们三个来说,是一种新奇而古怪的声音。

"瞧!"彼得指着铁轨另一边的一棵树喊道,"瞧那儿!"四个人全都跑回栅栏那里,看见了不只那棵树,还有另外好几棵树都无疑在以一种奇怪的、不可抵挡的步伐从山坡上往下爬去。

"它们在移动!"伯比叫道。

"这是魔法!"菲莉丝兴奋地说道,"我一直都知道这条铁路被施了魔法！"

这下就连拼命保持理智的彼得，还有早就见过这景象很多次的米罗，都被眼前的这一幕惊呆了。"沙沙"的声音越来越大，实际上，这会儿已经称得上"轰隆轰隆"了。树、灌木和石头都开始往下滑去。看起来就像一块桌布被缓缓地从餐桌上被扯下来，连着带走了上面所有的盘子、杯子和食物。开始有石头掉落到铁轨上，发出与金属碰撞后弹跳开的叮当声。

"怎么回事？"菲莉丝问道，声音有点颤抖，"这魔法有点过了，我不喜欢，我们回家去吧。"

"全下去了。"彼得很小声地说道。接着，突然一切都停顿了一下，就好像要停止了一样，但这只是尖叫前的一次呼吸。突然，

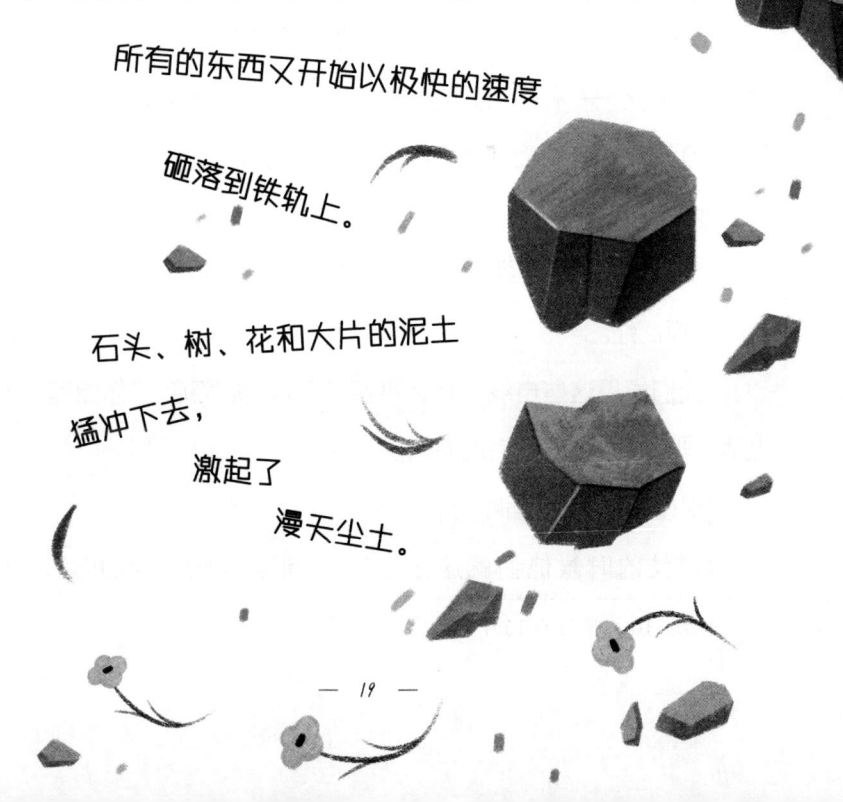

所有的东西又开始以极快的速度

砸落到铁轨上。

石头、树、花和大片的泥土

猛冲下去，

激起了

漫天尘土。

"瞧它堆成了多大的一堆。"伯比又惊又怕。

"而且正落在铁轨上。"米罗指出这一点,尽管他知道就算自己不说,菲莉丝也会说出类似的话。

"这土堆要怎么弄走?"她转而问道。

"不知道。"伯比无能为力地说道。

"什么时候来下一趟——"米罗开口道,但彼得已经想到了这个可怕的问题。

"11点29分的火车还没过去,"彼得惊恐地说道,"我们必须通知车站里的人,不然就要出最可怕的车祸了。"

"我们跑着去吧!"伯比说着,马上从栅栏前离开了。

"可还有时间吗?"米罗说道。彼得非常严肃地拍了拍他的肩膀。

"他说得对。"彼得说道,内心的责任感让他的脸色一下子白了,"聪明的家伙——有你在真是太幸运了。根本没机会,姑娘们——车站在10英里①外,而现在已经过了11点了。"

他伸出妈妈的手表,证明给他们看。

"那我们也不能干站在这里,等着发生一场可怕的事故啊。"伯比急得脸颊泛红。

"我们能用这些电线干什么吗?"菲莉丝提议道,"你能爬上一根电话柱吗?"她满怀希望地问米罗。

"别傻了。"彼得插嘴道。

"打仗的时候他们就这么干的!"菲莉丝说,"我知道,我听

---

① 编者注:10英里约为16千米。

说过！"

"他们只是割断电线，笨蛋，"彼得争辩道，"那一点用都没有。"

"要是我们能引起火车司机的注意就好了。"米罗的话让彼得又充满感激地锤了一下他的肩膀。

"但用什么来引起注意呢？"彼得说，"要是有什么红色的东西就好了，红色代表有危险。"

"上哪儿去弄？"菲莉丝指出，"即使我们有东西可以挥动，火车也得等到拐过那个弯才能看见我们，而且……"

"但无论如何我们都得挥手，"伯比绝望地说，"我们还必须跑起来！"

4
提前知道了答案

四个人沿着山坡上粗糙的木台阶爬下来,一路找着落脚的地方,走到了铁轨上那堆巨大的土石堆前。从它边上绕过的时候,伯比重重地叹了口气——走到了近前,这个土堆显得更大了,大得吓人。

"一切都会没事的,我敢肯定。"米罗安慰道。伯比冲他暖暖地笑了一下。

"我真希望是这样,"伯比说,"我只是……哦,我只是觉得火车很难在出隧道之后、转弯之前及时看到我们。根本没有那么多时间供它减速。太可怕了,要是我们不能及时想出更好的办法来,这一切都将是我们的错!"

米罗已经读过《铁路边的孩子们》,他很清楚如果让孩子们自己去想,他们会想出什么样的办法。

每隔一段时间,他就忍不住想当一回那个解决难题的人,因为他有相当大的优势,他提前知道了答案。但是,把别人的主意冒充是自己的并不是件多么光彩的事,每次事后,米罗都会觉得心里有点不舒服,所以这一次,他等着菲莉丝开口。

"哦，热死我了！"她开始抱怨，红扑扑的脸蛋上满是忧愁，"我还以为天要凉快了，真希望我们没穿上——"说到这儿，她顿了一下，想到了一个主意，"我们的法兰绒衬裙！"

伯比转身看着她，脸上露出了如释重负的神情。"哦，菲莉丝！"她说道，"对啊！这衬裙就是红色的！我们脱下来就是了！"

米罗第一次书行到故事的这个地方时有一点慌，他不太确定这种老式少女装的哪一部分是衬裙。不过那就是她们好多层裙子里面的其中一层而已，她们很快就轻松地让红色的衬裙滑落在地，不费吹灰之力地把脚迈了出来。

菲莉丝有点担心把衣服弄坏了不好交代，但伯比和彼得已经快速地动手把结实的裙腰撕了下来，接着把每条衬裙都撕成了三块边缘不整齐的方块。

"这样做非常重要。"米罗对菲莉丝解释道。两人看着彼得用一把很钝的小刀，使劲把几根小树苗削规整，用来做旗杆，挂起被撕破的衬裙。"如果火车撞上那个土石堆，会发生非常严重的事故。你不会惹祸的，我们这么做是为了拯救人们的生命，我保证。把你的衬裙撕成这样是值得的，你妈妈也会同意。"

菲莉丝点点头，下定了决心。他们俩帮着伯比和彼得一起，把树苗穿过彼得刚在厚厚的法兰绒布料上戳出的两个粗糙的破洞。

"你看起来怎么这么开心，"彼得红着脸，发愁地仰头看着米罗，"我是说，你知不知道如果我们没法引起火车司机的注意，会有多可怕。"

"对不起。"米罗说,看得出来他对加入这个团队充满了热情,"我发誓,我并不是因为想着事故在开心。只是……呃,大家一起努力工作真是太好了,不是吗?"

"我猜是吧。"彼得说道,仍然有些怀疑。然后伯比一边跟彼得咬着耳朵,一边和他转身回到旗子那里。

"别这样,彼得。"伯比小声地说道,"你没有过这种感觉吗?遇到麻烦的时候,你只想大笑,免得自己太害怕。我想可能这就是那个可怜的男孩现在的感受。我们不应该对任何人在这样的压力下的表现指指点点。比如说我,我就有点头晕,你也比平常更严厉了。"

米罗假装没听见。

"我们堆几个石堆怎么样?"他建议道,想向彼得证明自己,"在铁轨的两边各插一根旗子,然后我们再每人举一根?"

"对,没错,"彼得安抚地说道,"好主意。虽然我本来认为自己应该举两根,因为挥舞红色的东西这个主意是我想到的。"

"可那是我们的衬裙!"菲莉丝争论道,四个人在努力捡拾更多的石头堆起来,以便把旗子插进去。

"是菲莉丝和伯比想到了衬裙。"米罗指出。

"哦,嘘,都别争了。"伯比说道,"四面旗子四个人,没什么可争的。彼得,你要是实在想要两根,我的给你。"

"没事,"他说,"我只是说说而已。"

接着是一阵可怕的停顿,他们站在那里,手里举着旗子,担心火车也许已经开过去了,他们本该跑到车站里去——但火车来了。

铁轨开始低鸣，随着一声刺耳的汽笛声，一缕白色的蒸汽映入眼帘。

"站稳了，"彼得喊道，"拼命挥！"

5

书的结尾处是个可怕的地方

那缕白色的蒸汽越来越近,火车驶近了,铁轨发出嗡嗡的声响。

"他们没看见我们!他们看不见我们的!这根本没用!"伯比站在铁轨上喊道,手里的旗子疯狂地挥来挥去。铁轨震得那几堆石头在颤动,伯比扑上去,在其中一面旗子倒下完全看不见之前抓住了它。

"别站在铁轨上!"彼得喊道。他紧紧抓住菲莉丝的胳膊,不让她挨近姐姐。

"还没到时候!还没到时候!"伯比喊道,挥了又挥。火车的车身就在眼前了,又大又黑,轰鸣着朝他们驶来。

"去把她拽回来!"彼得朝米罗喊道,"我得抓着菲莉丝!"

"不用!"米罗在噪声中喊回去,"她心中有数的!"他跑过去,跟她一起站在铁轨上,尽力把旗子挥得更高,幅度更大一些。巨大的火车头呼啸着冲他们而来。他在好几次书行进来的时候,从各个可能的角度看过这一幕。他曾经搂着菲莉丝,让彼得去拽伯比,也曾经跟伯比站在一起,还有的时候他一句话也没跟孩子们说过,只是站在山坡顶上看着故事展开。

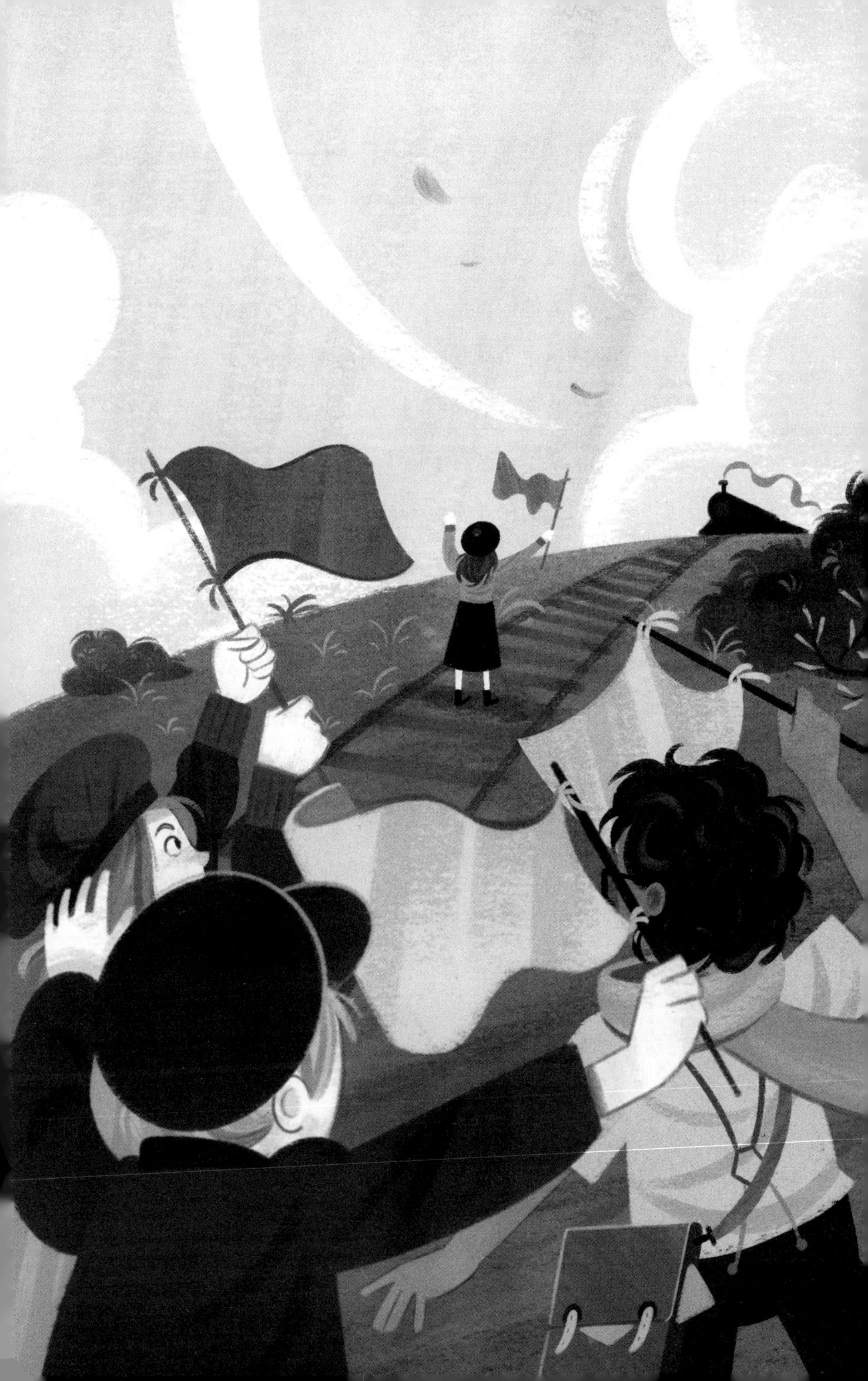

但这个时刻，在火车追近的这一刻，每一次的恐惧都不会变少。米罗能在脑海中听到叔叔的声音，听到叔叔告诉他，如果在书中被一列火车碾了，也会在现实中造成同样大的伤害。然后，就在一切似乎都迟了，就在米罗以为他们算错了，以为他的出现搅乱了整个故事的节奏时，一阵尖利的刹车声响起，火车开始减速了。

米罗拽住伯比的胳膊，把她拉到一边。这列巨大的蒸汽火车慢了下来，那么快就慢下来了，这对于这个大块头来说简直就是奇迹。火车及时停了下来。伯比仍在虚弱地挥着旗子。等火车完全停下来，她一下子就晕倒在了草地上。

司机从驾驶室里爬了下来，满头大汗，气喘吁吁。他打量着眼前的状况和四个孩子，米罗感觉他的视线沉甸甸的。米罗全心全意地希望司机能把他们当成兄弟姐妹。他的棕色皮肤在书行的时候偶尔会引起一些问题，尤其是在那些很久以前出版的故事里。尽管书行的魔力能帮助任何人融入任何一本书，但在故事的魔法发挥作用并抚平一切之前，有时他还是能感觉到人们的视线有些尖锐。

"天哪，"司机说道，"真是千钧一发，是不是？唉，我真不敢想象，如果不是你们四个这么聪明，会发生什么事。你们是兄弟姐妹吗？"

"差不多吧。"彼得说着冲米罗点点头。

就是这个了。为什么米罗会一遍又一遍地回到这本书里，就是因为最终，无论他进入的是故事的哪一部分，无论情节有多么接近E.内斯比特远在1905年就已经写下的内容，或是被米罗稍稍改变了一下走向，伯比、彼得和菲莉丝总会把他当成兄弟。

※

要说的事情很多，但当务之急当然是伯比——她仍然昏迷不醒地躺在草地上，嘴唇发青。

司机轻轻地把她抱起来，慢慢地走上头等车厢的台阶，把她安顿在豪华的天鹅绒座位上。他叫他们几个照顾好她，就好像他们还会做别的事似的。

"我去看看你们说的那堆东西，然后就把你们送回车站，找人给她看病。"他操着一口浓重的约克郡口音。十分钟后，火车开始向着刚才经过的车站后退。

"我觉得人死了就是这个样子的。"火车小心翼翼地倒车时，菲莉丝靠在米罗肩上很小声地说道。

"别瞎说。"彼得说道，菲莉丝一副要哭出来的样子。

"她没死，"米罗平静地说，"绝不会死的。瞧，你把手放在她的嘴上，就能感觉到她在呼吸。她只是因为压力太大晕倒了。"

菲莉丝刚要伸出手去感觉姐姐的呼吸，伯比翻了个身，哭了起来。没一会儿，彼得和菲莉丝就开始取笑她晕倒这事，这种调侃很好地掩饰了大家的不安。跟往常一样，米罗也很想加入他们，但有时候别人晕倒了，你就是不能取笑他们，除非他们是你的兄弟姐妹。更不用说你永远都不应该取笑别人，除非你很乐意让局面扭转过来，让他们也嘲笑你，那你就会毫无疑问地认识到这里面充满了熟稔和深入骨髓的爱。

没过多久,他们感觉火车慢了下来,小心翼翼地驶入车站并停了下来。司机回来找他们了。

"这真是一件不容易的事,没有一点差错。"他说,"我真高兴没有撞上那个土石堆。我的天哪,你们四个太棒了,你们发现了它,还挥着那红色的……"

"衬裙,"菲莉丝补充道,热情地挥舞着她那面,证明给他看,"红色的法兰绒衬裙。"

"我明白了,"司机有点尴尬,"好吧,如果就是这红色的衬裙及时拦下了火车,那要我说,它们就是这个任务中最合适的工具了。现在,让我带你们下车,到车站里去。看起来你很需要一杯甜茶,小姐。"他对伯比说,"我想可能会有很多人想要感谢你们。"

他扶着伯比爬下车,走到站台上,彼得和菲莉丝跟在后面。米罗还坐在柔软的蓝色软垫上,望着窗外,望着他们接受车站工作人员的鼓掌迎接。他从口袋里掏出书,翻到最后一页读起来,准备从书里出去。

到了田野的尽头,在细细的金色草穗、蓝铃花、吉卜赛玫瑰和金丝桃之间,我们可能会回过头,最后看一眼那座房子,那座现在我们和任何人都不再需要的白房子。

几秒钟后，他又坐在了长词号那又热又闷的驾驶室里，独自一人。不管他跟铁路边的孩子们经历了多少冒险，米罗永远也没法走到他想要走的那么远。书的结尾处是个危险的地方，你如果逗留得太久，就会有失足跌入卷尾环衬里的风险。而且，即便待了这么久还是安全的，作者也没有跟着孩子进入书中的最后一个场景，而只是在局外旁观。假如你偏离了页面上的内容，结果就会变得难以预测。故事可能会扭曲、破碎或者消失，场景会变成自身的影子。这个家庭不需要别的东西了，他们拥有彼此。虽然跟着作者在局外旁观让他的心都碎了，但米罗明白，自己已经在想象中拥有过，这就足够了。

6
一片想象

米罗唯一一次真正感到自己归属于一个团队，是在蒂莉和奥斯卡也在长词号上的时候。他真希望能穿进自己的回忆里，一遍又一遍地重温。当时，他们俩就像是在火车去档案馆的路上凭空出现的，后来那一个小时，三个人一起把信息一点点拼凑起来，制定出一个计划，那是米罗最幸福的回忆之一。那时的他是真正有用的，他了解的一些信息帮上了他们的忙，他并不只是个拖油瓶或者不能露面的人。

不过当然了，就连这件事也受到了"污染"。米罗的叔叔习惯于从各种有利可图的人那里榨取助益，一旦意识到蒂莉有不同寻常的书行能力，他就想办法让她承诺了将来会帮他一个忙。这一点把一切都毁了，尽管米罗知道，也只有通过霍拉旭的召唤，他才有可能再见到蒂莉或者奥斯卡。

"米罗！我们就快到了，做好准备！"听到叔叔的喊声，米罗赶紧把书推到一边，庆幸自己回来得及时。

米罗跳起身，使劲拉刹车杆，让火车减速。长词号并不是在钢铁做的轨道上行驶的，所以那声刺耳的刹车声也只是想象，声音也不会变得越来越小。

随着火车减速，故事世界那闪闪发亮的黑暗开始交织成更为坚固的东西。霍拉旭从不愿谈论长词号是怎么工作的，他说担心别人会发现它的秘密。有时候米罗都怀疑霍拉旭自己到底知不知道答案。

"我能告诉谁？"每次叔叔拒绝谈论长词号的魔法时，米罗就这样争论，"您都不让我跟任何人说话！"

"这样更简单一些。"霍拉旭会简短地回答他，"我毫不怀疑你已经把自己肚里那点东西全都倒给了玛蒂尔达和奥斯卡，我们那些秘密你要是全知道了，也得交代个底儿掉。"

他这话没错。到现在为止，米罗既好奇又知足。关于长词号，他并非什么都知道，或者说知道的不多，但现阶段来说也足够了。米罗喜欢它像一把热刀穿透黄油那样，切开故事世界一层层的肌理，除非它不得不扭转向一个出乎意料的情节转折点。他们越是深入故事世界，就有越多的风景允许火车通行。一切都是可塑的，只要你发挥想象，它就能变成事实。每当他们将火车开出故事世界的领域，就必须刮出一片想象力用来停车。像档案馆这样的地方是允许长词号驶入，并会围绕它进行变形的。所以现在，当他们靠站时，它就停在一个传统的火车站月台上，就好像那里一直都有停靠服务似的。

拜访档案馆最棒的一点是，米罗会被允许下车。以前他从没进去过，但后来照看档案馆的女人因为蒂莉和奥斯卡的缘故，已经见过他了，所以霍拉旭即使很不情愿，也没再让他藏起来。像往常一样，米罗等着看叔叔会不会让他把什么东西卸下来，或者把什么文件准备好,但今天不太一样,霍拉旭勾勾手指要他过去。

"你也来。"他说。害怕自己会说出什么让叔叔改变主意的话,所以米罗只是点点头,立马跟了上去。

"这里比上次来的时候更糟糕了。"穿过站台的时候,霍拉旭说。他说得没错。他们每来一次档案馆,它都会变得更破旧一些。原先整

洁的鹅卵石，现如今裂的裂，脏的脏，缝隙里还钻出了苔藓和杂草。寥寥几根常春藤爬在摇摇欲坠的红砖墙上，通往档案馆的华丽金色大门也被铰链吊着挂在边上，锈迹斑斑，嘎吱作响。

"天哪。"霍拉旭低声喃喃道。他们穿过大门，看到了更加令人不安的景象。

在一片死寂的灰色花园和被熏黑的树木中间，曾经宏伟的建筑现在也快立不住了。中间那栋楼还行，但两侧的配楼也就只比一堆砖头和玻璃稍微好一点了。"情况显然恶化了。"霍拉旭说道，尽管语气里的好奇多过了不安。

"阿尔忒弥斯在等我们吗？"米罗冒险问道，希望能有机会跟这位友好的女士聊聊天，她曾经帮助过蒂莉和奥斯卡。

"这次不会，"霍拉旭说，"我没时间通知她，但我相信如果她还有能力的话，她会很愿意帮忙的。但看这里的情形……快点，别问了。"

两人走到了一段台阶前，跟其他的东西一样，这台阶也裂开了，破破烂烂的。他们拣着路穿过这些松松垮垮的石头。霍拉旭走过去，拉了拉那根被虫蛀了的粗大天鹅绒铃绳，可绳子很快从他手里垂了下去。

他嫌恶地把绳子扔在地上，转而用力地拍着那扇油漆剥落的门。

7
这个世界的想象力

过了一会儿,门开了,露出一个穿着黑衣服的女人。米罗努力不去盯着她看,但还是忍不住注意到她的裙边已经磨损,衬衫的袖子上裂了道口子。不过,她的头发扎得很好,脸上挂着温暖平和的笑容。

"阿尔忒弥斯。"霍拉旭说道。

"欢迎你们,"女人和蔼地说,"很高兴又见面了,霍拉旭。这位肯定就是你的侄子了。米罗,虽然我们有过一面之缘,但还未曾有幸正式介绍过彼此。我叫阿尔忒弥斯,欢迎你来到档案馆。我只能说很抱歉,这里是这么的……凌乱。"

"嗨。"米罗回应道,摇着被阿尔忒弥斯握住的那只手,心想用"凌乱"来形容眼下这状况还真是含蓄,"谢谢您接待我。"

"真有礼貌。"阿尔忒弥斯笑道。

"平常没这么有礼貌。"霍拉旭这话让米罗觉得无论从哪方面来讲都不太公正。

"那么,我能帮上什么忙吗?"阿尔忒弥斯说道,"我相信你并没有预约,不然我就会先打扫一下了。"

"是没预约，很抱歉突然来拜访。"霍拉旭的语气里并没什么歉意，"但是，恕我直言，我觉得提前通知也不会有助于……打扫。"

米罗感觉阿尔忒弥斯的脸上掠过了一丝愠怒，但她瞬间又平和地笑了起来，令他不禁怀疑自己是不是看错了。

"我向你保证，这些损失都只是表面上的。"她说，"眼下我有很多事要做，你也知道，我们的档案馆管理员最近刚离开。"

"他们看见莎士比亚先生的遭遇了吗？"霍拉旭说。

"看到了。"她说，"我想这事你也很清楚吧，米罗？"

"是的，我遇到过威尔，"他说，"他搭乘长词号，和我们一起去伦敦，帮助蒂莉阻止所有的书魔法被人偷走。"

"嗯，令人伤感的是，他的很多同事，那些非常杰出的作家，都追随他的脚步，"阿尔忒弥斯解释道，"决定不再待在这里，不再试图把这里重建为书行者的避难所，而是选择被分解到故事世界中，成为这个世界的想象力的一部分，不再以实体的形式存在。他们选择让自己的故事在自己的地方流传下去，只留我一个人用我的方式处理这一切。"

"那现在这里还剩多少档案馆管理员呢？"霍拉旭问道。

"这个嘛，准确地说……一个也没有了。"阿尔忒弥斯说道。

"一个也没了？"

"现在这里就只有我一个人了。"她重复了一遍。

"但是……请再恕我直言，没有档案馆管理员你还能继续待在这儿吗？还会有新的馆员来吗？这不就是这个地方存在的目的吗？"霍拉旭说道。

"过去这几个世纪,这个地方存在的目的一直都在变。"阿尔忒弥斯说道,"与其说是档案馆管理员创造了这个地方,倒不如说是……书行者创造的。胆大的思想家和实验家在书魔法里建起了这里的墙壁,然后伟大的作家们就被源源不断供应的书魔法吸引到了这里。"

"那您还能吸引来新的吗?"米罗礼貌地问道,"还有很多伟大的作家活着,所以我想他们……在过世之后就能来这里帮您了。"

"我不确定我们是否还掌握着足够的书魔法,能把他们带到这里来。"阿尔忒弥斯说道,"问题是……"

"他不用知道这些。"霍拉旭打断她的话。

"你想知道吗?"阿尔忒弥斯直接问米罗。他看看她,又看看霍拉旭严肃的脸,谨慎地点了点头。霍拉旭叹了口气,耸耸肩。

"快点说,"他说,"讲故事很耗时间,而我们是有时刻表的。"

阿尔忒弥斯扬了扬眉,为米罗争取着利益。米罗心里抽动了一下,每次有人邀请他加入什么的时候,他就会有这种感觉:加入一个团队,一个计划,甚至是拿他叔叔开玩笑的笑话,都足以把他引向那个人,就像一只永远满怀希望的飞蛾扑向一堆友好的火焰。

"好吧,为了让你叔叔高兴,我们长话短说。"阿尔忒弥斯带着温暖的微笑说,"你已经了解了一个大概。档案馆是为了给书行者提供避风港和避难所而建造的——他们可以来这里膜拜书魔法,看看自己能做点什么。由于创造这个地方的书魔法就像一口巨大的井,一代又一代,那些对集体的想象力做出过杰出贡献的作家,死后都会被拽到档案馆来。过去那些年里，档案馆帮助了书行者，引导他们，甚至跟那些在地图的指引下走到这里来的人一起消磨时间。你也看到了威尔是如何帮助你的朋友蒂莉和奥斯卡的……你和他们还有联系吗？"

米罗摇了摇头，尴尬地承认虽然他们答应过要写信给他，但他连一封都没有收到过。阿尔忒弥斯把他们称为朋友，这让他感觉像说谎被抓了现行。

"好吧，长词号这么机灵，要跟待在这上面的人保持联系一定很不容易。"阿尔忒弥斯安慰他道，"不管怎样，关键的一点是，纯粹的书魔法创造和维系着档案馆的存在，吸引了它从前的居民来到这里。而你也看见了眼下的状况，我想不会再有新的客人打扰我们了。"

"那您要怎么办呢？"米罗担心地问道。

"不可否认，档案馆管理员本身也是这个地方的很大一部分，"她说，"但档案馆也还是档案馆。"

"这座建筑不就是档案馆吗？"

"我们是这么叫它的，不过，这个地方是因为一个特殊的大厅而命名的，"她说，"那也是最初它之所以在档案馆管理员开始被拽到这里之前就存在的部分原因。你想去看看吗？"

"那就不必了。"霍拉旭打断她道，"不过这正是我来这里的原因，我需要查一下有一个人书行去过哪里。"

"你知道，我是没有权力给你看其他书行者的档案的，博尔特先生。"阿尔忒弥斯说。

霍拉旭翻了个白眼。"就别在孩子面前装腔作势了，"他说，"看眼下这情形，也不是你该装腔作势的时候了……"

阿尔忒弥斯脸上又一次掠过一闪而逝的愤怒。

她微微低下了头。"很好，"她说，"那你要查谁？"

8
奇遇永远不会发生在一个听话地坐着不动的人身上

霍拉旭拽着阿尔忒弥斯的胳膊肘，就急急地往前走。

"能把那孩子留在后面吗？"霍拉旭问道。

"我觉得不安全。"阿尔忒弥斯说，"你自己也说了，这栋楼已经不那么稳固了。"

"好吧。"霍拉旭耸耸肩，扭头看向米罗，喊道，"别想来偷听我们的谈话，阿尔忒弥斯说你可以看看档案馆，但你只能待在门口，到处乱看是不行的。听明白了吗？"

"知道了。"米罗说道。任何能让他看一眼那个神秘档案馆的条件，还有任何能让他更了解叔叔在忙什么的事，他都能痛快地答应。他落后几步跟在两个成年人后面，周围异常安静，他想兴许能意外地听到叔叔在查的那个人的名字，也不会被责怪。毕竟，叔叔怎么会知道呢？也没人会告诉他。可他们的声音太小了，他什么也听不见，又不能冒险再凑近些，不然就会被叔叔发现他在偷听了。所以他只好满足于回味这一次下车的感觉，即便是来到了这样一座摇摇欲坠的恐怖建筑里。

没走多久,三个人就来到了一条走廊的尽头,那里立着两扇有点脏的白门,其中一扇虚掩着。阿尔忒弥斯把那扇门推开了一些,响起"嘎吱"一声,让米罗的鸡皮疙瘩都冒了出来。她打手势叫两人跟上。里面是一个巨大的厅,显然曾经非常宏伟,估计也比现在要干净得多。布满裂缝的白墙上一扇窗户也没有,还好天花板上有很多巨大的洞,可以让你看到天空。大厅里摆满了一排又一排的书架,书架上全都塞满了各种厚度的白皮书,地板上堆着更多,其中有许多还乱糟糟地摊开着。

从霍拉旭的反应来看,这里的情况也明显恶化了。

"你还能找出每个人的档案吗?"他直截了当地问道。

尽管从这一片狼藉来看,这是个多余的问题,但阿尔忒弥斯说道:"那当然,那些书没放在书架上,纯粹是因为我正在做研究。"

"研究档案有什么用?"霍拉旭说道,"你个人的研究?"

"博尔特先生,容我提醒你一下,虽然我们在使用档案馆的某些资源上达成了互惠的协议,但这并不意味着你有权过问我管理这个地方的方式,或是你不在这里的时候我在做什么。我被任命为目录学家,如何履行这一职责并不需要你操心。如果你不满意它的运行方式,请到别处去做研究,我祝你一切顺利,找到自己想要的东西。"

"知道了。"霍拉旭不情愿地说道,转身面对米罗,"喏,你,孩子,关于偷听这事,我是怎么说的?"他指了指门边的一张低矮的白色长凳,"就坐那儿,什么都不许碰,听到我叫你,就马上过来,明白吗?"

米罗再次点点头,坐在那张不太舒服的长凳上。霍拉旭和阿尔忒弥斯穿过一排排书架,拣着路走过那些掉落的书本、撕坏的书页和翘起扎人尖角的木地板碎片。

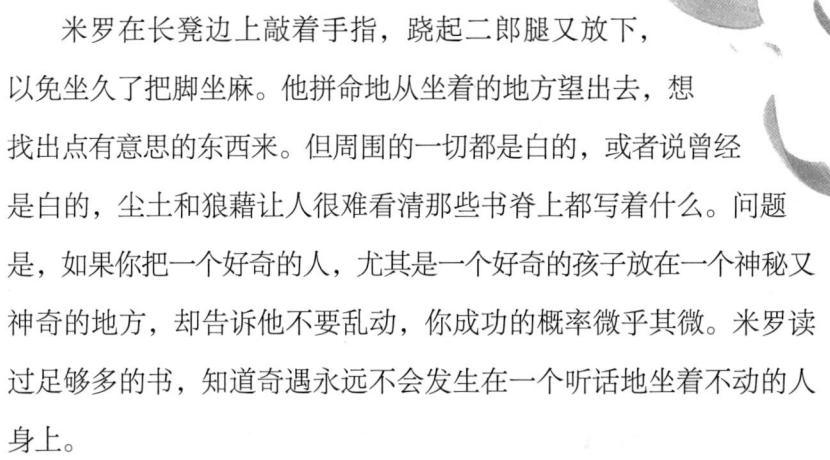

米罗在长凳边上敲着手指,跷起二郎腿又放下,以免坐久了把脚坐麻。他拼命地从坐着的地方望出去,想找出点有意思的东西来。但周围的一切都是白的,或者说曾经是白的,尘土和狼藉让人很难看清那些书脊上都写着什么。问题是,如果你把一个好奇的人,尤其是一个好奇的孩子放在一个神秘又神奇的地方,却告诉他不要乱动,你成功的概率微乎其微。米罗读过足够多的书,知道奇遇永远不会发生在一个听话地坐着不动的人身上。

等到再也看不见、听不见那两个大人了,他试探着站起身来,试了试自己的动静能有多小。发现那双破靴子的鞋底踩在木地板上几乎没有任何声音后,他非常缓慢地朝最近的书架走去。所有书的书脊上都标记有名字,像图书馆一样按姓氏的首字母顺序排列。作为一个和书一起生活和工作的人,米罗知道试图从堆满厚书的书架上抽出一卷来,会有什么样的风险:他吃多米诺效应的苦可不是一次两次了。他转而拿起了躺在地板上的一本书,把它侧过来看书脊上印着什么。

那个名字,用斑驳的金色浮雕字印着,叫艾斯美·鲍曼。第一页是她的简短生平。她生于1946年,大约一年前刚去世。她在新西兰的霍基蒂卡生活了大半辈子,并在位于惠灵顿的新西兰地下图书馆注册为书行者。米罗翻了几页,意识到这是一本关于艾斯美书行去过哪儿的档案,从她九岁的时候首次发现自己能书行,到最后一次她进入了一本叫玛丽·奥利弗的人写的诗集里。米罗想知道在一本诗集里书行会是什么样的,于是在心里暗暗打算将来要试试。大部分的档案都是以非常正式的形式记录下来的,描述了艾斯美书行过的书以及进去之后大致发生了什么。最后几次书行记录的其中一次写着:

"艾斯美书行到了简·奥斯汀《劝导》中的第23章,观摩了那些事件。不久之后,她又回到了同样的场景中,与温特沃斯上尉说了几句话。"

这些书页包含的是一整个人生。米罗又捡起另外一本,这本书要薄得多,因为书行者跟他一样,只有12岁。可他翻到最后几页的时候,差点没拿稳把书掉下来。他发现这本书还在写——一支看不见的笔在书页上描述着一个人。米罗查看书脊,是西布伦·巴克。他此时此刻正书行进了一本名叫《追星星的女孩》的书里。

米罗扫视了一圈这些档案,看到了用各种各样语言印着的名字,但当他翻开书,里面的内容又全都是用同一种语言记录的。他惊讶地看来看去,周围全是来自不同地方和时代的书行者的生活。

"我猜,在这里的某个地方也有一本记载我的,"他悄声说道,"还有记录霍拉旭、蒂莉和奥斯卡的。不知道我能不能都找到。"

虽然地上大部分的书都杂乱无序,但他一眼就看出自己肯定是处在 B 打头的区域里，这就意味着他自己的档案可能是离得最近的。"也许也是最安全的。"他沉思着。看陌生人的档案是一回事，但看蒂莉的会让他有一种在读她日记的感觉，就像他本人不想让任何人发现他多次进入《铁路边的孩子们》一样。

他的指尖沿着一本本档案的书脊滑过去，顺着字母顺序看到了贝克、边沁和博奇，然后，就在波吉后面，他看到了博尔特。他有点喘不过气，因为书架上当然也放着他父母的档案。两本白皮书，分别印着"塞拉·博尔特"和"亚瑟·博尔特"。米罗突然有点眩晕，他意识到这里还有更多的家庭成员等着他去发现。但他的兴奋劲儿很快就被失望所取代。这失望来得如此强烈，他几乎能尝到它的味道，因为书架上除了他父母外唯一的另一个博尔特就是霍拉旭。

"等一下。"他自言自语道，就算博尔特家族再也没有别的成员是书行者了，也应该还有一个，那就是他的。可在亚瑟、霍拉旭和塞拉后面，就不是白皮书了，而是别的东西，看起来完全不搭的东西。没有正式的档案，只有一个破旧的皮质剪贴簿，用一条皮绳捆着。

米罗把它从架子上拿下来，盯着看。在封面上，没有金色的浮雕字，而是用黑色的墨水潦草地写着他的名字。

9
一小段弯路

这本书——如果它能被称为书的话——是用简单裁切的厚纸做成的，米罗还能看见书页之间夹着几张大小不一的散页。但还没来得及细看，他就听到了叔叔和阿尔忒弥斯回来的脚步声。

米罗慌乱地把书塞到了裤子后面，藏在套头衫下。他无声地飞快跑回长凳那儿，小心地坐下来，背靠着墙，把那本书紧紧压在墙上。可他一坐下就后悔了，刚才真应该把父母的那两份也拿下来，或者别管这是什么东西都不要手欠拿走。他在心里怪自己被这份奇怪的档案分了心。万一这是上苍给他的一次机会，能搞清楚当年他父母究竟发生了什么事，而他就因为自己的好奇心而白白浪费了呢？

"米罗！"他叔叔在喊了。

"在呢！"他努力装出随意又有点无聊的口吻喊道，仿佛他真的一个人无所事事地坐了半个小时，虽然此刻，他的心脏在胸腔里跳得怦怦响，"您找我？"

"只是确认一下你是不是还在你该在的地方。"霍拉旭说着，从书架当中现身。他胳膊底下夹着一本白皮书，阿尔忒弥斯跟在他身后，看上去很发愁。"但我确实有几个问题要问你。嗯，那个叫玛蒂尔达的女孩，"霍拉旭说道，"我记得她不是个很能聊的人，但你却跟她聊了一个小时左右。"

"呃……是的，我还记得。"米罗说，他真的很迷茫，为什么叔叔完全没有意识到那一天对他有多重要呢，"她和她最好的朋友，奥斯卡。"

"对，就是他们。"霍拉旭说，"趁我不在，你跟他们聊了一会儿，对吧？该说的不该说的都对他们说了吧。"

"对，"米罗也同意这个说法，"我的意思是说，对，我跟他们聊了，但是我没有……"他的声音小下去，脸唰地红了。

"现在先别管这个——这就是为什么重要的事我都不会告诉你。"霍拉旭说道，"你还记得那个玛蒂尔达有些不寻常的本事吗？"

"记得。"米罗说道，语速更慢了，那天那么美妙，他还是很惊讶叔叔竟会觉得他会忘记任何一个细节。

"关于她那些本事，她有没有跟你说过什么？"霍拉旭问道。

"呃，我不太确定。"米罗试探地说道，"为什么问这个？"

"她还欠我个人情。"霍拉旭说道，"是时候还了。"

"米罗，"阿尔忒弥斯说道，比霍拉旭温柔多了，"关于蒂莉的书行能力，如果你能记起任何事情，都会对你叔叔有很大的帮助。"

"她能……呃，能把书里的东西带出来，应该是吧？"米罗说道，他知道这一点蒂莉已经当着霍拉旭的面说过了。霍拉旭已经给她造成了很多麻烦，他真心希望自己不要再给她添乱了。

"她没再说别的什么吗?"霍拉旭又问了一遍。

米罗摇摇头,耸了耸肩。问题是,米罗也确实不知道别的什么了。蒂莉只是模模糊糊提到了她的书行能力不太寻常,因为她有一半的虚构血统,他并没有追问更多细节。她暗示自己还有很多没有分享,但他不是那种会不顾别人的意愿刨根问底的人,他能看出蒂莉也是这样的人。米罗简单地说起自己是怎么最终来到长词号上生活的时候,蒂莉和奥斯卡都没有追问更多的信息。这也是那天如此特别的一部分原因:他感到自己被人理解了。

"带你来真是浪费时间,"霍拉旭说,"以后再也不带你来了。"

"哦,别这样。"阿尔忒弥斯说道,"让米罗多了解一下你在做的事有好处。哎,你不想让他将来接手家族的生意吗?"

"不想。"霍拉旭干脆地答道,眼神犀利地抬头看着阿尔忒弥斯,"你提这个做什么?"

"只是问问。"阿尔忒弥斯说。

"米罗对接管长词号不感兴趣,"霍拉旭说得那么慢那么清楚,让米罗忍不住看了一眼四周,仿佛附近还有谁在偷听一样。霍拉旭摇摇头,勉强笑了一声,"不管怎样,米罗也得证明自己值得才行,眼下他还没做多少有指望的事。"

"我明白了,"阿尔忒弥斯说道,"对此你怎么看,米罗?"

"他怎么想并不重要。"霍拉旭说道。

米罗只是盯着地板,拼命忍住不在阿尔忒弥斯面前哭出来。他已经习惯了叔叔的这类评论,但这并不表示这话就对他毫无影响,即使这更像在抠一个痂，而不是挠出一个新的伤口。

"不管怎样，这都不会对计划有什么影响，"霍拉旭继续说道，"我们只需要找到蒂莉，把东西从那儿取出来。"

"你要她去做什么？"米罗紧张地问道。

"反正我都告诉过你我们在找一本纲目了，也不差让你知道我们正是需要她去把这纲目弄来。"霍拉旭说着把那本档案往前一伸，"有人不知道以什么方式篡改了这份档案，老读者都看不到里面写了什么了。"霍拉旭翻着书页，米罗看到除了记录书行者信息的第一页，往后那些页全是空白的。"不过也没什么关系，"霍拉旭继续说道，"这只是一小段弯路而已。一旦我明确知道了这个书行者最后看到了什么地方，我就能知道那个毒药纲目在哪儿了。等我知道了它在哪儿，我再让玛蒂尔达帮我去把它拿出来。"

10
多得多的疑问

霍拉旭大步往前走,这下没时间跟阿尔忒弥斯客气了,他已经拿到了想要的东西。

"别把你叔叔的话太放在心上,"阿尔忒弥斯轻声对米罗说,"他只是……嗯,我想他只是在努力保证你的……安全。"

"安全?"米罗惊讶地说,"什么安全?交朋友的安全?"

"我相信他做任何事都有他的理由,"阿尔忒弥斯只能这么说,"你也要照顾好自己,米罗,多留意。"

"留意什么?"

"就是多留意。"她说,"你叔叔……有太多的事情想做,还总想一口气把什么事都做了,包括照顾你。我觉得他是爱你的,只是不善于表达。"

"爱"这个字让米罗停下了脚步。这是一个他不常听见有人用的词,霍拉旭当然也从来没有说过爱他,他光是想一想都觉得浑身不对劲。

"不管怎么说,我现在已经习惯他了。"米罗说着抖了一下身体,试图把刚才那些念头抛到脑后,尽力装出一副不那么在意的口吻,"比起马特家,我还是更愿意待在长词号上,这也是我的选择。"

"你说的是父母去世后照顾你的那家人?"

米罗一时惊讶她怎么连这事也知道,不过他又想到了,她可是能接触到海量的关于书行者的信息。他点点头。"说到这个,"他被阿尔忒弥斯的友好鼓励了,"你能掩护我……我是说,你介意我跑回去看一眼吗?我动作会很快的,快到他根本察觉不了,我保证。"

"我猜,你是想回去看看你爸妈的档案吧?我还以为你在这儿等着的时候,已经去看过了呢。"她说。看到米罗脸红了,阿尔忒弥斯挥挥手,赶走了他的尴尬,"换作我也会这么干。但恐怕现在不行了。首先,我们肯定会被你叔叔察觉,其次,这也是严厉禁止的。"

"可是霍拉旭这就要把别人的档案带走了!"米罗沮丧地说,"为什么他被允许,而我不行?"

"对,他是要这么做,"阿尔忒弥斯说,"但是……这个嘛,我给了他许可,用来交换……也就是说……我们达成了一项协议。保管这些档案是我的职责所在,但他的请求我会一事一议,取决于他想看谁的……不管怎样,"她顿了一下,"你不用担心。"

"所以,在这些白皮书上写字的人是你吗?"米罗问道,"是你让他没那么容易找到自己想看的东西的对吗?那份档案里的字是你变没的?"

"不是,"她解释道,"我没办法写这些书,也没法篡改或者掩盖上面写的东西——它们纯粹是由书魔法推动的,是由最初建立这个地方的人创造和打磨的。这些档案追随的是所有书行者体内的书魔法，那是支撑他们书行的能量，会在他们到过的地方留下痕迹。我不确定你是否在地下图书馆待了足够长的时间，但这是一个比他们所说的'标记'更为强烈的说法——地下图书馆管理员们运用书魔法跟踪书行者。我对档案内容的控制能力微乎其微，甚至一份也控制不了，真的。但值得记住的是，米罗，我们无论走到哪儿都会留下痕迹，无论是在现实世界中，还是在故事里。"

"所以说，单靠你自己，很难掌控这一切？"他礼貌地问道，阿尔忒弥斯冲他扬起了一边的眉毛。

"我要是撒谎或者扯些别的，那就太傻了。"她承认道，"但是，米罗，事实是，如果没有档案馆，我也不知道自己是谁，能去哪里。你是人，而我不是。我都不能完全确定自己是怎么来的——我相信我是被人写出来的，或者类似的方式，纯粹是为了照看这个地方，保存这个地方的魔力。可这件事我已经失败了，很多别的事也没有做好。我也许应该平静地接受这一切终于要结束了，但还有些事情不允许我放手。不过跟你说这些太沉重了。很抱歉。你也许已经意识到了，我并没有多少人可以聊天，能信任的人就更少了。"

"我不介意，"米罗简单地说道，"我喜欢跟别人聊天。"

"好吧，只要我还在这里，就欢迎你来聊天。"阿尔忒弥斯说道，"我很想听听你和蒂莉怎么样了——又要见到她了，你肯定很兴奋。"

"对……虽然我并不想让她去给我叔叔干什么危险的事。"

"也许你应该想办法和他们一起去。"阿尔忒弥斯建议道，"到时候你们俩就可以一起来,给我讲讲发生过什么了。"

"既然你知道我在马特家住过一段时间,是不是也知道我的家人发生过什么事?"米罗开口道,感觉到书本塞在腰带里,压在他的背上。

"你指的是哪方面?"阿尔忒弥斯小心地问道。

"我对他们一无所知,"米罗说,"我只认识霍拉旭。我的确在书架上找过了,但只找到了我父母的档案,其他人都不知道用什么名字去找。"

"我……呃,好吧,"阿尔忒弥斯说,"我不确定这是不是我的……"

可霍拉旭来到了主厅,打断了她的话。他愣了一下,仿佛刚刚才想到米罗和阿尔忒弥斯可能会无话不谈。

"要找的我都找到了,"他严厉地说道,"闲聊到此为止。我们得去找这个家伙,把书从他那儿拿回来了。阿尔忒弥斯小姐,很荣幸,也很有兴趣看到你一直……在做的事情。"

"希望你能找到一直在找的东西。"她说。

霍拉旭只是假笑了一下,大步走下台阶,走进那一片死寂的花园。

"很高兴见到你。"米罗一边跟着走下去,一边对阿尔忒弥斯说。

"我也很高兴见到你,米罗,"阿尔忒弥斯说,"好好保管你借走的东西。"

"我没有……"他停下来,"你知道是我拿了?我不是想偷——我保证——只是它跟其他所有的东西都不一样,而且……"

"没关系,"阿尔忒弥斯说,"但你保证会把它还回来吧?也许,是在和蒂莉一起来的时候?"

"我尽力。"米罗说,"但要去哪儿我说了不算。"

"那就这样。"阿尔忒弥斯笑道。

说完,她关上了档案馆的大门,留下米罗站在这栋摇摇欲坠的建筑外面,心中的疑问比来的时候还要多得多。

11
不全是魔法和奇思妙想

霍拉旭正站在火车站台上，不耐烦地等着米罗。

"她都跟你说什么了？"他问道。

"没什么。"米罗说。

"你给我想好了再说。"霍拉旭说。

"也不是什么都没说，"米罗又试着开口，"只是闲聊了几句，我是说，没什么重要的事。我只是问了问那些白皮书。"

"我猜，你是想从她嘴里套出点消息？你还是不知道为妙。"

"我只是有些好奇而已，"米罗回答道，"不过，为什么消息会是坏事呢？"

"不坏，很有价值，追踪谁拥有些什么知识对我的工作至关重要。没有经过我的允许，任何人都不能打探我在干什么，明白吗？"霍拉旭简短地说道。

"我想我明白了。"米罗说，"但别人得了解长词号是怎么回事吧，不然他们没法雇你去帮他们找东西。"

"那他们也没必要知道它是怎么工作的，谁在上面工作，还有我其他的客户都是谁。"霍拉旭说,"这个世界上还有人……我并不是唯一一个对知识和影响力感兴趣的人,你可能不信,但有些人的手段比我极端得多。我看见你看我的眼神了,米罗。你以为我没有良心,但我可以向你保证,我做任何事都是有理由的,这世上比跟我住在一起更糟糕的事多了去了。"

"我知道,"米罗说,"我不想再回马特家。"

"我不是在说他们。"霍拉旭阴郁地说道,"我很清楚要和玛蒂尔达一起去哪儿,给那个植物学家找那本纲目的地方并不安全。那是非法物品、危险物品储存和交易的地方,我可不想在那儿被抓。书行的世界里可不全是魔法和奇思妙想,那些黑暗势力远比你想象的要多。"

"那些都跟我父母的遭遇有关吗?"米罗试着问道,"他们是被黑暗势力缠住了?还是干了坏事?"

霍拉旭转过身来。"你这是什么意思?"他问道,"你都听说什么了?"

"没什么!"米罗说道,被叔叔的语气吓到了,"我只是想说,你说他们都去世了,而我又不知道我们家族里还有谁,所以,你提到黑暗和可怕的势力,我就想知道……"

"好了,别想了。显然我跟你说的太多了。"

"可我都不知道自己是谁,"米罗绝望地说道,"如果我不知道自己是从哪儿来的,不知道我的父母是谁,是什么样的人,我怎么才能知道自己是谁呢?"

"讲这些陈词滥调,就别指望我会认真回答。"霍拉旭说道,"身份认同是我们自己塑造的,这跟以前发生过什么毫无关系。现在,见好就收,今天就说到这儿。"说着,霍拉旭打开那节被他用作办公室的车厢,爬了上去。

"我永远也守不住这么多的秘密,也跟不上脚步。"米罗猜想,这就是叔叔永远不会让他继承长词号的原因。

※

霍拉旭没有关门,这意味着他想让米罗也进去。米罗感到那本偷来的剪贴簿正暖烘烘地紧贴在背上,急忙把它抽了出来,猛地拉开驾驶室的门,将它滑落在地板上。他相信在霍拉旭进入这又热又闷的驾驶室前,自己有机会将它取回来。他将套头衫抚平,在霍拉旭之后走进他的办公室。叔叔已经坐在宽大的木书桌旁了,面前摆着那本白色的档案。

"有什么东西阻止了我去看这个人,这个叫西奥多·格兰特的人正在某处书行,所以我要书行进他的档案里,看看能找到什么。"

"你要进入一本档案里?这是被允许的吗?"

霍拉旭扬起一边眉毛作为回应,他才不在乎被不被允许。

"但这样行得通吗?"米罗转而问道。

"行得通。"霍拉旭自信地回答。

"这里面会是什么样的?"米罗问道,"如果是空白的呢,就像这档案里一样。"

"我不能说已经了解了一份档案里头会是什么样的,是空白的还是别的样子,"叔叔简短地说道,"通常情况下,信息就在那里,任你挑选。我想象不出它会跟其他的书有多大的不同。我以前进入过各种各样的书,从没有……极少遇到什么事会导致现实中出现问题。一旦我确认了西奥多的藏身处,我们就立刻出去发去伦敦,要玛蒂尔达兑现人情。希望我只用离开几分钟。"

"你不想让阿尔忒弥斯跟你一起去?"米罗说道,"难道她不知道怎么做才合适吗?"

"阿尔忒弥斯可能知道大量关于这些档案的信息,但请记住,她不是一个书行者。"霍拉旭说,"关于我在找什么,或者接下来要去哪儿,也没必要跟她分享太多。记住我说的,不要跟其他任何人多说不必要的事。我们就把长词号停在这儿,但如果过了……就说一天吧,我还没回来,你就去告诉阿尔忒弥斯发生了什么事。这样说,你感觉好点儿了吗?"

"一整天吗?"米罗紧张地咽了一下口水。

"我想,车上吃的东西还够?"霍拉旭说。

"够,但是——"

"那你就不用担心了。最大的可能就是你还没意识到我走了,我就已经进去又出来了。这个办公室和我睡的车厢当然会被锁起来,但还有一大堆家务要做。我希望一回来就能马上出发。还有我们从爱丁堡收到的关于亚瑟·柯南·道尔的信件,要给它们编完目录。"他挥了一下手,表示自己已经说完了。米罗转身朝门口走去。

"实际上,米罗,还有一件事。"霍拉旭喊道。米罗停下脚步,转过身面对着叔叔。后者的脸上有一种奇怪的表情，仿佛他也拿不定主意要怎么做，这倒挺少见的。他把手伸进衬衫领子里，拉出一根金链子，链子上拴着一个木哨子。霍拉旭把链子拉过头顶，从椅子上站起来，走过来跪在米罗的面前。看到叔叔这脆弱的样子，米罗感到非常不舒服。他试图后退一步，但霍拉旭摇了摇头。

"把手给我。"他说。米罗慢吞吞地照做，叔叔把他的手翻过来，掌心朝上，并把那只挂在链子上的哨子放在他的手心，然后握拢米罗的手指包住。"我马上就会需要这个，就在我……"他顿了一下以示强调，"就在我回来的那一秒钟。但在我不在的期间，你要保管好它。万一我出了事，或者没回来，那你就必须要用到它。总之不可以给任何人看，也不能交给任何人，包括阿尔忒弥斯在内。明白吗？"

"但是我不……"

"你明不明白?"

米罗点点头,把链子挂在脖子上。霍拉旭深深地看着米罗的眼睛,然后站起来回到桌子旁,又变回了那个粗鲁封闭的霍拉旭。"就这些了。"

12
一次一件事

既然他们还停在档案馆的车站里,米罗就又跳回站台,爬上驾驶室去取那本剪贴簿。他能感觉到那个木哨子正暖暖地贴在他的皮肤上。霍拉旭外出去研究那份档案了,米罗想趁着这个时机回到自己那个相对私密的空间,去琢磨这个哨子,还有这本剪贴簿。他从驾驶室的地板上捡起它,塞回套头衫下面,再从站台上一路跑到自己那节卧铺车厢。

米罗的车厢又小又旧,但这是唯一一个完全属于他的地方,他很喜欢。等到安全地进入车厢,他反手锁上门,抽出剪贴簿摆在桌子上,确保没有一页散页有掉落的风险。

他的床靠墙放着,从前是一个上下铺的上铺,不过米罗把下铺拆了,把它变成了一张小桌子。他还有一个小小的厨房角落,里面有一个电炉、一个水壶和一桶水。关于这个厨房,霍拉旭曾表示道:"这样你就不会每次都吵着让我给你喂食了。"每次米罗有冰块能让这桶水保持低温的时候,它就能当冰箱用。当然,车厢里还有一个书柜,里面的书都快装不下了。米罗用搜集来的各种零碎东西装饰着这个空间：明信片、海报，甚至有一串能凑合着用的圣诞节彩灯。地板上铺着一块打了补丁的地毯，还摆着几个并不配对的靠垫。海斯特，那只火车猫正睡在其中一个靠垫上。他们都不太清楚海斯特到底是在他们去哪儿的时候，从什么地方爬上来的，但它已经在长词号上住了两年之久了。尽管霍拉旭从没承认过它的存在，也没喂过它，但米罗很高兴有它做伴。

米罗把窗户打开一条缝，把一根连着车顶上大水桶的软管拽进来，往水壶里灌满水，再放到电炉上烧。他找出一个干净的马克杯，往里扔了一个茶包，然后虔诚地拿起那本剪贴簿，坐在最柔软最舒适的那个靠垫上。海斯特昏昏欲睡地依偎在他的腿边。

这本剪贴簿很大，封面是柔软的棕色皮革材质的，里面的书页装订得很乱，但却是质量很好的厚纸。霍拉旭曾经训练过米罗注意这些细节。虽然他对错综复杂的图书走私和长词号的魔法只字不提，但他教了米罗很多关于书和印刷的知识，好让他帮着把存放在火车上的书进行编目，并照看这些书。

米罗一解开剪贴簿上捆着的绳子，那些散页就滑落了出来：写在黄色薄纸上的信件、报纸上的文章、撕下来的便签、看起来很官方的档案，甚至还有一两张照片。米罗有一种把它们全都塞回去，合上书，并藏到地板下面去的冲动。米罗感觉剪贴簿真的好大，从前他只了解一星半点，现在竟然有这么多信息一次性掉落在他的膝头。他抚摸着海斯特姜黄色的皮毛，努力让自己平稳呼吸。

"一次一件事。"他一边自言自语，一边把这些散页整理成一堆，然后再翻开这剪贴簿。很快他就意识到，它跟档案馆里正式编写的档案相比差远了，真的就是一本剪贴簿。各种东西被整齐地贴在里面，有些是手写的标签和便条。开头几页更整洁、更有条理一些，看到第一页上的照片时，他感觉心跳都停了——那是一张微微模糊的照片，一个小小的婴儿被一个快乐但疲累的女人抱在怀里，她的旁边站着一个男人，一脸迷糊的表情。

这是小婴儿时候的他和父母的合照。照片下面写着"米罗·阿维·博尔特"，还有他的生日。

接下来的几页中，还有更多婴儿米罗和父母的合照，然后……是一张霍拉旭抱着他的照片，那是一个更年轻更快乐的霍拉旭。还有一张是一个慈祥的老妇人抱着他，她在盯着他看，满脸的爱意和惊奇。

"这是谁呢？"米罗悄声对自己说，手指抚过她的脸颊。这张照片下面并没有说明。

除了照片，整本剪贴簿里最多的就是火车票，各种颜色、用各种语言印着的火车票，有的是从巴黎到威尼斯的，有的是从弗洛姆①到米达尔的，这两个地方米罗都没有听说过。还有一些旅途中的照片，主要拍的都是他的父母咧嘴笑着，把他举在各种火车窗户前的画面。感到

---

① 译者注：弗洛姆和米达尔是挪威的两个小镇，坐高山小火车从弗洛姆前往米达尔，全程20公里，这段铁路被称为挪威国铁的杰作，也是全世界普通列车轨道坡度最为陡峭的火车旅程之一。

有一滴眼泪要跑出来了，米罗立刻粗鲁地抹掉。这东西为什么会被放在档案馆里呢，他想，如果他真的有一份正式的白皮档案的话，它会在哪里呢？

在几页照片和纪念品之后，还有几页空白的页面，塞了一些零散的东西。这不难理解，因为在他的父母过世之后，就没有人那么用心地整理剪贴簿了。他开始翻看剩下的资料。有几张马特家寄来的A4纸报告，上面定期汇报了米罗的近况，索要下一阶段的付款。还有几张像是医疗表格，还有一些蜡笔画。

在这个小生命短短一段时间的记录中，有一些更难理解的东西：一份人名名单，一份地名名单，一张米罗不认识的国家的地图。一张"伊夫林娜的文学好奇心之旅"的广告海报，上面手绘的图画非常像是长词号。还有一张照片肯定就是长词号，虽然车身漆得要比现在鲜艳得多。此外，还有一张折了三下的厚纸，上面有一个已经被破坏的蜡封。还有一张小小的长方形卡片，上面画着一个奇怪的符号——一个圆圈和一条弯曲的线，那条线像一只飞鸟的翅膀。

米罗本打算把这些散页分一下类，有些东西显然跟他小时候有关，另一些跟长词号有关，还有一些他现在还没有头绪。可就在他把这些纸张平铺在车厢地板上时，传来了一声喊叫。

"米罗？你在哪儿呢？"

霍拉旭已经回来了，米罗没机会再细看任何东西了，甚至还没能看一眼链子上那个哨子。可他别无办法，眼下只能尽快把这本剪贴簿

— 64 —

整理好，藏起来。米罗手忙脚乱地把那些纸张拢到一起，乱七八糟地塞进剪贴簿里，有些页面边角弄弯了，有的边上撕破了，他皱了皱眉头。他来不及掀开地板，把它塞进自己藏东西的秘密角落了，于是把它推进了床上的羽绒被下面，再把快快不乐的海斯特捞起来，压在羽绒被上面。然后，在霍拉旭过来找他，发现什么不妥之前，他爬上火车车顶，沿着一节节车厢一路飞奔，轻易地跳过车厢间的空隙，跑到了办公室。他一把拉开车厢门，上气不接下气地走进去。

"我是不是说过要你整理爱丁堡那些文件？"霍拉旭说道。

"你才走了15分钟，"米罗抗议道，"之前你说要走一天的！"

"我是说，要是我走了一天，你就去告诉阿尔忒弥斯发生了什么。"霍拉旭说道，"你能不能学会仔细听？喏，我的哨子呢？"

米罗从套头衫下面拽出那条链子，递给叔叔。哨子离开他的皮肤时，他不期而然地感觉到了一阵疼痛。叔叔没多说什么，把哨子戴回了自己的脖子上。

"你找到要找的东西了吗？"米罗问道。

"对，"霍拉旭说，"它坐实了我的猜测。而且，正如我所料，从各方面来看，我们都得去找玛蒂尔达·佩吉斯。启动长词号，米罗，我们去伦敦。"

13
一项交易

米罗跳回驾驶室,把两个充满了想象力的木球滚进了引擎里,心里不安的感觉久久不能平息。要见到蒂莉了,他很兴奋;然而是在这样的情况下,他又觉得很内疚。霍拉旭的忙不好帮,要么是危险的,要么是违法的,要么是不道德的,要么三者都有。最重要的是,那本剪贴簿以及他找到它的地方使人感到深深的不安。霍拉旭把哨子交给他保管的时候,那一闪而逝的同盟之情和信任又让他感到心慌,即便只有短短的一瞬。可那一瞬足以让米罗生出冲动,想问叔叔关于那本剪贴簿的事。不过他需要更多的时间看看里面都有什么,才能知道自己要问什么。

现在的问题是要尽可能地保证蒂莉的安全。

长词号没用多久就到了伦敦,还不到一个小时,霍拉旭就大喊着叫米罗给火车减速。米罗把头探出窗外,看见伦敦北部闪闪发光的轮廓开始成形。随着火车逐渐驶近故事世界和外部世界的交界处,感觉像在透过浓雾看着这座城市。

"我们在哪儿下车?"米罗问。

"直接去书店。"

"可是店里不会有人吗?"

"如果我计算得没错——通常都不会有错——现在是伦敦时间晚上快九点了,书店关门了。"

"可我们把长词号停哪儿呢?如果我们俩都下去,得把车停好。"

"问够了吗?!"霍拉旭厉声说道,"你现在应该知道,说到空间和边界,书店和图书馆都要灵活得多。显然,空间来源于所有的书,书店和图书馆已经习惯了容纳宇宙。"

"你这话是字面上的意思吗?"米罗问,"还是,一个比喻?"

"都有,"霍拉旭说道,"不然你以为魔法是怎么起作用的?"

偶尔米罗就会在叔叔身上捕捉到一种享受,一种对自己正在做的事情的享受,甚至是童心。但这种享受不会持续很久,而且如果你想直视它,它就会立刻消失,并且很长一段时间内不会再出现。

霍拉旭说到做到,把火车停在了佩吉斯书店里面。而且,正如他所说,店里一个人也没有,不知怎的,长词号停在里面还非常合适。如果你仔细听,还能听到书架在叹息着嘎吱嘎吱地腾地方,并重新安定下来。霍拉旭下到了佩吉斯书店的木地板上,等到米罗也跟着跳下来,他就把办公室的车厢仔细上了锁,把钥匙装进口袋。

"走吗?"他对米罗说。

店里主要的灯都熄灭了,但夏日的太阳还没有完全落山,余晖把隐在书店阴影中的长词号两侧照得闪闪发光。墙上有一扇门被光映出了轮廓,空气中弥漫着一股美食的香味。两人默默地向门边走去,听见门后传来一阵安静而亲切的谈话声。霍拉旭重重地敲了敲门,谈话声骤然停下。门开了一条缝,埃尔茜·佩吉斯探出头来,狐疑地上下打量着霍拉旭。

"你好?"她说。

"晚上好,"霍拉旭平静地说,"我猜,您就是玛蒂尔达的外婆?"

"我看得先问问你是谁,"埃尔茜说道,"前门都上锁了,你们怎么会在我的书店里?"

"我们有别的交通工具,"霍拉旭说,"那个,我必须跟您的外孙

女谈谈。"

"你别妄想跟蒂莉说话，先说说——"

但蒂莉本人把门推得更开，打断了她的话。看到霍拉旭，蒂莉的脸一下子白了。

"你好，玛蒂尔达。"霍拉旭说道，米罗则尴尬地挥了挥手。

"你们……来这儿干什么？"蒂莉说道。

"我来谈一项交易，"霍拉旭说，"我相信你还记得自己曾承诺过要帮我一个忙，现在需要你兑现了。有件事我想我也能助你一臂之力——你外公的身体……"

米罗努力不露出疑惑的表情。这怎么还扯上蒂莉外公的身体了？他需要什么帮助？

"你怎么会知道阿奇的事？"埃尔茜说道，抓在门上的手不由得松开了，"你叫什么名字，你们是什么人？"

"我叫霍拉旭·博尔特，"他微不可见地低了低头，"我就是长词号的司机。"

"外婆，这就是我跟你提过的那个人，"蒂莉说道，"火车上的那个——他帮我们一起弄明白了怎么解封那些源本书。"她的语气有些迟疑，米罗知道她在担心帮忙的事——也许她确实该担心。

"好吧，你们进来吧。"埃尔茜不情愿地说道，同时把门又推开了些。

这个温暖的厨房里，有一张大大的木餐桌，上面还摆着些剩菜剩饭。米罗微笑地看着蒂莉，蒂莉也小心地冲他扬了扬一边的眉毛。米罗耸了耸肩作为回应，希望在叔叔毫无疑问地毁掉一切之前，能跟她私下谈谈。霍拉旭没跟他提过半句有关蒂莉外公的话，米罗忍不住留意了一下，发现阿奇并没有在厨房里。房里只有另外两个人，一个是蒂莉的妈妈贝娅，米罗曾经见过的；另一个棕皮肤、黑长发的女人米罗并不认识。可他叔叔看见她时却惊了一下，尽管那表情只有一瞬间。

"我能有幸认识一下大英地下图书馆的管理员阿米莉亚·韦斯珀女士吗？"他说道，只有米罗察觉出了他声音里的讽刺，他这位叔叔可不会花多少时间，去了解地下图书馆的规则和管理那里的人。

阿米莉亚·韦斯珀女士点点头。"你让我落了下风了，我并不认识你。"她说。

"我叫霍拉旭·博尔特。"米罗的叔叔再次说道。

"啊，"阿米莉亚说，"这样的话，我确实知道你是谁，蒂莉和贝娅已经为我介绍过了。"

"我保证只是来帮忙的。"霍拉旭回应道。

"我想这还有待观察。"埃尔茜说。

14
建立伙伴关系的理想环境

"那么，谈正事前，你们要来杯茶吗？吃过了没有？"埃尔茜转向米罗，温和地问道。

"我们没事。"霍拉旭替米罗答了，但埃尔茜仔细看了一下米罗，不一会儿就把一盘热黄油吐司和一杯牛奶放在他面前。他想说不用了，或者谢谢，却不知道到底该说哪个，埃尔茜摇了摇头。

霍拉旭没在意。"那个，不知道几个月前的事情，玛蒂尔达都是怎么跟你们说的。"他说着，问都没问就坐了下来。

"说你帮忙想出了安德伍德家族的弱点，说你对书魔法的了解帮助蒂莉解放了那些原始版本。"埃尔茜小心地说道。

"我们还知道，你的操作都是在地下图书馆不知情、没批准的情况下进行的。"阿米莉亚说着，扬起了一边的眉毛。米罗注意到她嘴唇上有一点笑意，但他叔叔对那些听起来像威胁或者批评的话一向没有什么好回答。

谢天谢地，没等霍拉旭上钩，贝娅插了进来。"我知道你向来宣称只会为自己的利益行事,当时你的目的恰好和我们的一致。但我想,你也知道那样做是对的。"她笑着说,努力表达对他的欢迎。

"我明白您想把这当作一种恭维,"霍拉旭有点尴尬地说道,"不过我向您保证,这些事没有一件与对错有关。"

"他的确曾给安德伍德家族带去了几箱子源本书,供他们销毁,"蒂莉告诉妈妈,"而那些书原本会永远消失……有些也的确永远消失了。"她转向霍拉旭,"你当时要我承诺将来帮你一个忙,否则你就不送我们回家,那么……"

"那就说说这个忙要怎么帮吧,"埃尔茜说,一只手护在蒂莉的肩膀上,"让我们听听你来这儿想说什么,博尔特先生。但明人不说暗话,别指望一个十二岁的孩子要依赖你把他们安全送回家时,与你达成的协议在法律上或者道德上有任何约束力。"她锐利的眼神盯着霍拉旭,让他扛不住。

"好吧,"他接着说,"那我先把要来这儿跟你们说的事讲一下,我们再接着往下谈。我相信我们会达成一个对双方都有帮助的协议。事实上,目前我们有几种方式可以相互帮助,这是建立伙伴关系的理想状态。我确信你们拥有一本我很感兴趣的书,而我,是的,我也需要玛蒂尔达的能力从书里拿出几样东西,最后,我还能有渠道获得消息,能帮助你们的丈夫、父亲和外公阿奇博尔德痊愈。"

米罗的吐司掉在了盘子上。"你外公病了?"他担心地问道。

"是的,他——"蒂莉开口道,但外婆打断了她的话。

"你是怎么知道阿奇的事的?"埃尔茜平静地问霍拉旭,"他的状况只有极少几个值得信任的朋友才知道。"

"我想,您还没有带他去看医生吧?"霍拉旭问道。

"没有,"阿米莉亚说道,"我们都很了解魔法,知道这并不是一个简单的医学问题。他已经昏迷两个星期了,水米未进,可他仍然有呼吸——他很显然处在某种魔法的停滞状态下。我并不觉得当地的全科医生能帮上什么忙。"

"我能看看他吗?"霍拉旭问道。

埃尔茜和阿米莉亚交换了一下眼神,阿米莉亚耸了耸肩。

"假如帮了他能对你有帮助,我也看不出有什么不可以的理由,"埃尔茜缓缓地说道,仿佛在琢磨霍拉旭的请求里有什么陷阱,"来吧,他在楼上。"

埃尔茜打开通往楼梯的门,打手势让霍拉旭跟上。蒂莉看了米罗一眼,示意他也一起来。米罗很好奇阿奇的状况,也渴望有机会跟蒂莉说几句。他把椅子往后推,跟着他们上了一段楼梯,来到一扇门前,埃尔茜轻轻推开了门。

大家都站在房里,显得这屋里的空间并不大。床头柜上的花瓶里装着鲜花,窗户开了一条缝,让傍晚的空气进来。躺在床上的就是阿奇博尔德·佩吉斯,看上去只是在小睡。米罗能看见他的胸膛在一起一伏,眼球在眼皮下颤动。他的皮肤苍白,唯有指尖被染成了深紫色,在这个布置舒适的房间里,看起来不太自然,有些奇怪。

霍拉旭走近阿奇,凝视着他被染色的指尖。埃尔茜全程密切注意着他。与此同时,蒂莉拽着米罗的套头衫袖子,把他拉回到走廊上。

"嗨。"她说，听起来又累又忧心。米罗真心希望，自己不要总是出现在她书行冒险中那些最紧张可怕的时刻。"你真的不知情？"她平静地问道。

"不知情，我保证，"米罗说道，"今天早上之前，我甚至都不知道我们要来这里。你也知道，他什么事都不告诉我。"

"外公会没事吗？"蒂莉问道。

"我也不知道，"米罗说，"真的不知道。"

"我只是希望你能有些头绪，或者曾经见过类似的情况。"蒂莉耸耸肩。

"对不起。"米罗说道，感觉自己真没用，"但霍拉旭确实很了解魔法毒药之类的东西。他为一位客户找了一大堆这类的书，那是一位植物学家——如果她找到了治疗方法，我一点都不会惊讶。"

"真的吗？"蒂莉看起来又有了希望。

"真的。"米罗说，"我的意思是，我不能肯定，而且我也知道霍拉旭很难令人信任，但如果他有所图，那你就该信任他——即便他不会告诉你事情的全貌。"

"所以不管他提出什么交易，我们都应该同意吗？"蒂莉问他。

"我……我……"米罗不知道该怎么说。蒂莉把太多的责任和信任压在他身上，而他根本就不知道叔叔的计划。"也许？"他最后这么说道，对自己很是失望。

"还是看看他会怎么说吧。"蒂莉说，"我只想要外公好好的，阿米莉亚能做的研究都做过了，采了很多样本，做了很多测试，能翻的老书都翻了,但我觉得她到目前为止并没有找到什么有用的东西。他们并没有像往常一样,我想知道什么就都告诉我。要是他们能相信我,给我更多的信息,或者交代我做更多的事情就好了——我只是觉得好好无助,问题是……"

她还没跟米罗说完,霍拉旭和埃尔茜就从卧室里出来了,四个人又回到楼下的厨房里。

"很明显,他被人下毒了。"等大家在厨房餐桌旁坐下,霍拉旭便说道,"你们说得对,他是被某种想象出来的停滞状态抓住了,这是个复杂而聪明的尝试,我怀疑幕后主使是一个非常危险和有野心的人。"

埃尔茜和阿米莉亚的脸色一沉。贝娅快要哭了。

"不过,我有个好消息,"霍拉旭说道,"我能治好他。"

15
一趟不明确且可能很危险的旅程

一阵沉默，大家都盯着霍拉旭。

"这么大个承诺呢，"埃尔茜说道，"你当然知道这是我们迫切需要的，我也不会假装说不是。但在我们继续谈之前，我想知道，你想从我们这里得到什么。"

"我需要玛蒂尔达，还想要那本让阿奇中毒的书，"霍拉旭解释道，"我猜，那是一本《绿野仙踪》？"

阿米莉亚眨了眨眼睛，开口问："你怎么知道？"

"交易消息，这就是我的老本行。"霍拉旭说道，"我对目前情况的这些了解，足以让你们相信我有能力帮得上忙了吧？"

"你为什么想要这本书？"埃尔茜问。

"几个原因，"霍拉旭说，"其中一个就是，想要治好阿奇，我得先能分析毒药。我说过这是个错综复杂的设计，可不是我拿出准备好的解药给你们之类的那么简单。"

"我想我明白其中的逻辑了。"埃尔茜承认道，"你都还没弄明白这毒药是怎么回事，偏偏又很自信能治好他，我想你一定还有事瞒着我们。这本书是目前唯一的线索,假如被你拿走了,我们自己就没有任何东西可以研究了。"

"你会相信我的。但我原本想,假如你能把玛蒂尔达交给我,一定也会让我带走那本书,等我把解药带回给你。"霍拉旭说道。埃尔茜毫不掩饰地发出了不信任的哼声。

"你这是在假设我们什么都信你。"埃尔茜说。

"更别说让蒂莉跟你去任何地方,那是绝对不可能的。"贝娅坚定地补充道。

"我们的意思是,我们一家子当然还需要私下里再讨论一下这件事,"埃尔茜说着,看了自己的女儿一眼,"但毫无疑问,如果要认真安排起来,我们会全程陪伴玛蒂尔达。"

"这可不是我要开的条件,"霍拉旭说道,"我要的是玛蒂尔达一个人来。"

"你指望我们让你带着她一个人,去一趟尚不明确且可能还很危险的旅程,去为你偷东西?这绝对不可理喻。"埃尔茜说道。

"难道我没有发言权吗?"蒂莉说道,"我想帮外公,以前我也坐过长词号,它很好。差不多吧。"

"你看,玛蒂尔达就明白这是一笔生意,"霍拉旭说,"我帮你们,就得有回报。你们会让玛蒂尔达跟我走的,因为我能唤醒阿奇博尔德。像我之前说的,这是一个绝好的安排,因为我们都需要彼此,我们双方都没有理由违约。"

"不过,一旦蒂莉帮了你的忙,就没有任何东西能阻止你改变主意了。"阿米莉亚指出,"然后你就——"

"我愿意去,"蒂莉插嘴道,"万一这是我们帮外公的唯一机会呢?"她转向妈妈和外婆,恳求道。

"我相信天无绝人之路,"埃尔茜平静地说道,"我们还有阿米莉亚在地下图书馆做研究,可能会多花一些时间,但阿奇眼下还是安全的。"

米罗看着她闭上眼睛,深深地吸了一口气。他毫不怀疑霍拉旭要为人办事,必定会毫不犹豫地换取任何他想要的东西,而埃尔茜也会保证蒂莉的安全,即便这意味着她的丈夫会继续处于中毒状态。

"换个协议怎么样?"贝娅问,迅速和她的母亲交换了一个眼神,"我们把那本书给你,你帮我们治疗。这个交易够直接,一本书换治疗方案。"

"不,我需要玛蒂尔达的本事。"霍拉旭毫不让步。

"好吧好吧,"埃尔茜说道,双手平放在桌上,坚定的眼神紧盯住霍拉旭,"我们给你这本书。如果你能拿出证据,证明自己有能力治好阿奇,我们就重新讨论一下这个协议。不过我向你保证,蒂莉去哪儿我们去哪儿。但是,看到你能帮忙的证据之后,我们或许可以继续谈判,找到解决的办法。我们可以先把那本《绿野仙踪》给你,以示诚意,我们也会等你拿出你的诚意。你接受吗?"

"这样拖下去,我可不能保证治疗方法还会有效,"霍拉旭说,"你们愿意冒这个险吗?"

"外婆,不要。"蒂莉说道,满脸内疚。但埃尔茜的眼睛一直盯着霍拉旭不放，她咽了一下口水，点点头。

"我愿意。"她说。

16
不止一个故事

米罗看着叔叔，叔叔还在与埃尔茜对视。他知道叔叔想用些聪明的话来回击，也知道他很愿意不断地重新评估交易，分析事物之间的各种关系，以得到自己想要的东西。

"我同意。"霍拉旭站起来，伸出手，厉声说道，"如果我现在就能把书带走，我会带着证据回来，证明我能治好阿奇博尔德。然后我们再谈要什么条件，才能让玛蒂尔达帮我。我们暂时就谈到这儿。书呢？"

埃尔茜点点头，跟他握了握手，再次去楼上。

她不在的时候，余下五个人尴尬地坐着，默默无言。米罗很想继续跟蒂莉聊聊，但他又想不出可以在成年人面前聊什么，所以只能老老实实坐着，对着她微笑。看她也笑着回应，他松了一口气。贝娅只是坐在那里，冷冷地瞪着霍拉旭。

过了一会儿，埃尔茜回到楼下，她拿着一个透明的塑料袋，里面装着一本旧精装布书。她一言不发地把书递给霍拉旭，霍拉旭点头表示感谢，示意米罗跟着他走出这个舒适的厨房。离开前，米罗扭过头去，想对蒂莉挥手告别，可她坐在那里，眼神失焦地盯着空中，一脸悲伤的表情。直到霍拉旭把门关上，她也没有向他这边看过来。

霍拉旭迈着大步，气冲冲地朝长词号走去。"呃，至少你拿到想要的书了。"米罗试着说道，跑着跟上他。

"你根本不懂我们要对付的是什么。"霍拉旭厉声说道，从口袋里掏出钥匙，拉开办公室的门。他爬上台阶，把包里的书扔在桌上。"你根本不知道这件事有多危险，我需要玛蒂尔达。他是不会高兴的，没有……"他顿了一下，深吸了一口气，"不过，你说得也没错，我们有了这个，也很了不起了。"

"你想要的那个有毒的东西就在这里头？"米罗问。

"没错，"霍拉旭说着，焦虑地用手搔了搔头发，"差不多。就在每一个副本里，在他的隐藏图书馆里——你可以从任何一个翡翠城里进去——他控制着所有的一切。"他上下打量着米罗，"这里有不止一个故事在发生，米罗，理解这一点很重要。我和植物学家一直在研究……一些至关重要，但又必须保密的事。我们要弄明白这毒药是怎么起作用的，不然我们永远阻止不了他。"

"阻止谁？"米罗困惑地问。

霍拉旭挥挥手。"植物学家需要了解更多的信息，她需要那个毒药纲目，米罗，你明白吗？"

"不！我一点儿也不明白！"米罗绝望地说，"您从来都不跟我说。"

"我一直在尽力保证你的安全。"霍拉旭简短地说，"你知道这一点就够了。"

"保护我不受什么侵害吗?"

"不受某个人的侵害。"霍拉旭说道,听起来有一点狂躁,"你要相信我,我已经有计划了,我和植物学家有一个计划,可我需要玛蒂尔达帮忙才能成功。在他弄明白我们在做什么之前,我们得走得更远才行。线索太多了——在时间耗尽,一切公开之前,我没法一直都掌握住。"

"也许我能帮上忙?"米罗说道。

"你应该帮我说服玛蒂尔达跟我们走。"霍拉旭说道,"那本纲目至关重要,只有玛蒂尔达能从《绿野仙踪》里把它拿出来。植物学家需要那里面的东西。"

米罗几乎听不懂他叔叔在说什么,霍拉旭踱过来踱过去,不是在跟米罗说,更多的是在自言自语。压力这么大的霍拉旭太罕见了,也令人不安,平时不管发生什么事他都是一副从容镇定的样子。他一边踱着步,一边喃喃自语,不时还骂几句,念叨着他和植物学家的复杂计划,似乎已经忘了米罗还在。

很明显,那本毒药纲目很重要,而它就在《绿野仙踪》里,最关键的是,大多数书行者都没法把它从书里带出来。

"可你说的这个人,又是怎么把东西从那个隐藏图书馆里拿出来的呢?"米罗问。他叔叔如此关注蒂莉,是因为她的能力很罕见,甚至也许是独一无二的。可是如果东西卡在里面,那又有什么用呢?

"他可能用了书签,就像我们有时会用的那样。"霍拉旭说,"你知道，人们能把放进书里的东西再拿出来。就比如说我派人去藏一件东西，然后叫他们待在那里，守着那东西，等我需要的时候再把它拿出来。但是，说实话，如果他还没有想出什么办法，自己就能把东西从书里带出去，我会非常惊讶。他已经有办法打破这么多的规则了。现在，让我想想，孩子，我得想明白该怎么做。"

米罗凑到书桌前，盯着那本书，想知道那个图书馆隐藏在哪里，是怎么秘密地存在于这样一个著名的故事里的。他拿起那个透明的袋子，拉开，往里看去，想看看是否能瞧见什么不寻常的东西。塑料袋子皱起来发出响声，霍拉旭扭过头来。

"你这个傻瓜！"霍拉旭大喊着冲向他，一把抓过袋子，把他推倒在地。

米罗强忍着没哭，抬头望着他的叔叔。叔叔摸到了那本有毒的书，它已经从袋子里掉了一半出来。霍拉旭惊恐地看了米罗一眼，把书扔在了地板上，但是已经太迟了。

"你在干什么？"霍拉旭低声说道。

"对不起，"米罗惊恐地喊道，"我没打算摸它——我只是看看！"

"从来不好好听话。"霍拉旭声音嘶哑地说道，开始汗出如浆，使劲倚在桌子上，"现在……听……好了。那个哨子……掌控着长词号。你不能相信……"他剧烈地咳嗽起来，重重地跪了下去。

"我不能相信谁？"米罗爬向叔叔，祈求着，被叔叔一把挥开。

"别碰……有毒……"霍拉旭喘息着说，"拿到毒药……纲目，玛蒂尔达能……带出来。把它带给……植物学家。"

"植物学家能帮忙吗?"米罗可怜兮兮地问道,泪流满面。

霍拉旭勉强点了点头。"你可以相信她。"

"那下毒的是谁?"米罗绝望地问道,"我不能相信谁?"

可是霍拉旭再也说不出一句话,脸色变得非常非常苍白,就这样倒了下去。

蒂莉卷

17
再写一封信

眼下这情形正是需要最好的朋友的时候，于是蒂莉跑到楼上的房间里，给自己最好的朋友打电话。

"嘿嘿嘿……"奥斯卡一边唱着一边接起电话，"很晚了——你没事吧？"

"算是吧。"她说，"我是说，我很安全，但你绝对猜不到晚饭后佩吉斯书店里有谁来了。"

"好吧，是疯帽匠吗？"奥斯卡猜道，"是好饿好饿的毛毛虫？还是帕丁顿熊？我希望是帕丁顿熊。"

"不不不，"尽管很担心外公，但是蒂莉还是笑出了声，"不是书里的人物——是从长词号来的霍拉旭和米罗。"

"他们来佩吉斯书店了？"奥斯卡惊讶地说，"你怎么不告诉我！告诉我我就过去了！"

"都这个点了，我怀疑你妈不会让你来，而且他们也只待了二十分钟。"蒂莉说。

"他们来干什么？"

"很奇怪，霍拉旭竟然知道我外公病得很重，而且知道他是中了毒，说能帮我们。"

"这样啊，那很好啊，不是吗？"

"是很好，可你也知道他是什么样的人，他要两样回报。首先，他要那本导致外公中毒的书，其次他要我跟他走，去帮他从一本书里取什么东西出来。他说，他是来要我兑现当初要帮他的承诺的。"

"我想贝娅和埃尔茜肯定被气得够呛。"奥斯卡说。

"没错，她们显然是不会让我一个人走的。不过她们把那本书给他了，并且说如果他能带着证据回来，证明他能治好外公，我们就可以再接着谈。也许我还是能去的，只要他们俩当中谁陪着我一起。"

"嗯，这计划听起来不错。"奥斯卡说，"真遗憾我错过了。要是跟他走的话，你得把我也带上。"

"不过霍拉旭还说，这样拖下去，可能治疗方法就不管用了。"她说。

"啊！"奥斯卡说。

"所以，万一我们没有及时得到帮助，这就全是我的错了？"蒂莉说，"万一我其实能做点什么帮到他呢？"

"哪个都不是你的错。"奥斯卡飞快地说，"首先，错的是把那本蠢书寄来的那个人。然后你也知道霍拉旭是个什么样的人，为了达到目的，他什么话说不出来？"

"我知道，但他说的关于时间的话，我没办法不去想。"

"我明白，可是反正他已经走了，你也别无选择了啊。"奥斯卡指出,"除非你……算了,这不是个好主意。"

"什么不是个好主意?"

"呃,你刚才说米罗也在,还听到了所有的谈话?"

"是的,"蒂莉同意道,"我们并没有单独聊太久,不过他说,假如他叔叔有所求,那他说能帮上忙很可能就是真话。"

"那你为什么不给米罗写信呢?问问他觉得你该不该去。"

"我想写,但是没有用啊!我们不是按他说的方式给他写过信吗?那么多封信啊,放在一本书的末尾真的能寄出去吗?也许他只是开了个玩笑,说我们能通过书后的环衬联系到他。"

"可是那些信都不见了啊!"奥斯卡说,"它们肯定是去了什么地方!"

"好吧,要么是这方法不管用,要么是他根本就不在乎。"蒂莉说道,"我刚才怎么就没问问他这事。"

"这种事情是值得再试一次的,"奥斯卡指出,"为了你的外公。"

"好吧……那万一他觉得我该去呢?"

"那也许你就该去?"奥斯卡说,"咱俩都明知道你想去。你跟米罗说,如果他觉得这是个好主意,就去告诉他叔叔说你答应了。然后你就溜出去,在书店里等他们来接你。"

"这计划不错。"蒂莉说,"不过得晚一点,不然妈妈和外婆会发现的。我等午夜再去店里。"

"棒极了。"奥斯卡说,"真伤心我不能去。"

"好吧,再写一封信,"蒂莉同意道,"为了外公。"

"那好,我要知道的是,如果你跟他们走了,埃尔茜打电话给我,问我是否知道你已经走了——她肯定会这么问的,"奥斯卡说,"你想要我拖多久再告诉他们真相?"

"呃,在故事世界里,时间是不一样的,"蒂莉想了想,说,"我还不知道计划是什么,也不知道霍拉旭要我做什么。但如果只是从一本书里取点东西出来,我想我能在吃早餐前赶回来。"

"很有可能。"奥斯卡说,"之前去找档案馆下落的时候,咱俩几乎就等于没离开过。不过,以防万一,我给你一天的时间。还有,你回来的时候,切记,这一切可都不是我的主意哈。"

"谢谢你,奥斯卡。"蒂莉说着,挂断了电话。

蒂莉从桌上抓起一个笔记本和一支笔,开始写。

亲爱的米罗,

早些时候见到你真高兴。很遗憾我们没有机会多聊聊。我不知道你有没有收到过我们的信,如果一直以来我们只是在烦你,我想这封信你也可以当作没看见了。可是我要说的是关于你叔叔想要达成的交易,想从一本书中取一样东西的事。

你曾说,你叔叔在自己也有所求的时候就会说实话,所以我想问你觉得我该不该去帮他。我外公真的病得很重,不管有什么办法,我都要试试,即便要瞒着妈妈和外婆。我不知道你是否会回信,甚至不知道你是否会看到这封信。所以,如果你真心觉得这不是一个诡计或者陷阱,你能叫你叔叔回佩吉斯书店来接我吗?你要是也来,我就更安心了。

但我们得等到外婆和妈妈都上床睡觉了再行动。今晚午夜开始,我会在书店里等一个小时,如果你不来,我就假设你没有告诉你叔叔,我们就还按原计划行事。

不管发生什么,希望很快能有机会见到你。奥斯卡也向你问好!

蒂莉

感觉自己有点傻,她把信纸折起来,拿起离自己最近的一本书,把书打开,翻到卷尾的环衬那里,把信夹了进去。她紧紧地合上书,等着那封信消失。这个方法她已经和奥斯卡尝试过很多次,却从来没有收到过回信。也许米罗只是没办法打开这封信到达的邮箱,也许这个环衬信息系统根本就不灵。

"哦,好吧,"蒂莉对自己说,"等着瞧吧。"

等待午夜到来的时候,蒂莉往背包里装了几本书、几根谷物棒和手机充电器,虽然她不知道长词号上是不是有电。她好奇电和想象力在一起要怎么工作。脑海里隐约有外婆的声音,她还拿了牙刷和一双备用的袜子,有所准备总不会错——尽管她深深知道,并不能指望他们一看见信就回来找她。

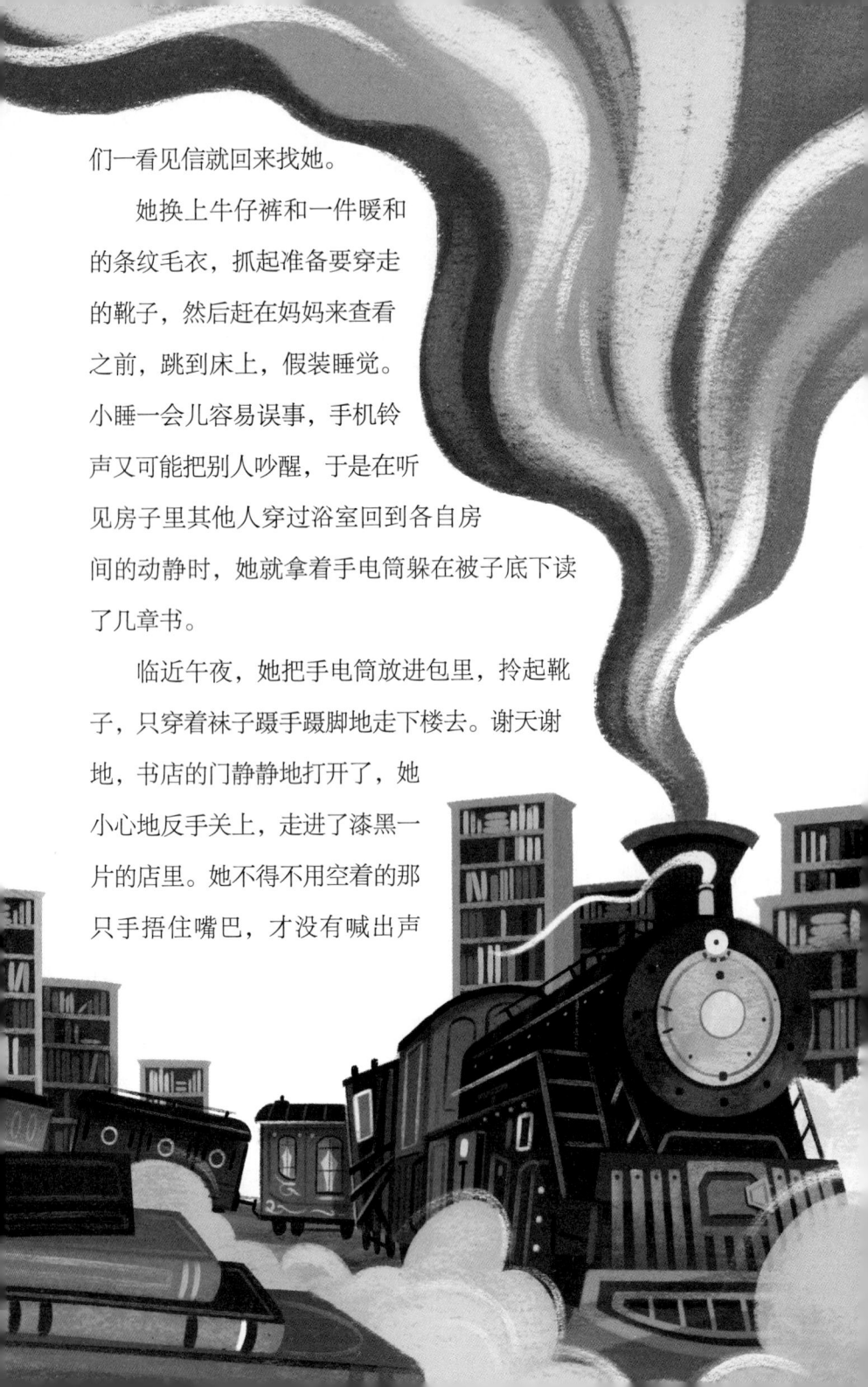

她换上牛仔裤和一件暖和的条纹毛衣,抓起准备要穿走的靴子,然后赶在妈妈来查看之前,跳到床上,假装睡觉。小睡一会儿容易误事,手机铃声又可能把别人吵醒,于是在听见房子里其他人穿过浴室回到各自房间的动静时,她就拿着手电筒躲在被子底下读了几章书。

临近午夜,她把手电筒放进包里,拎起靴子,只穿着袜子蹑手蹑脚地走下楼去。谢天谢地,书店的门静静地打开了,她小心地反手关上,走进了漆黑一片的店里。她不得不用空着的那只手捂住嘴巴,才没有喊出声来,因为就在那一片黑暗中,像只睡龙一样蜷缩着的正是长词号。

火车毫无疑问就在那里,但并没有霍拉旭和米罗的踪影。蒂莉爬上第一节车厢。她轻轻地敲了敲门,可是没有人应声。她又敲了一下,声音大了些,门被猛地打开了,露出来眼神狂乱的米罗。他一头卷发乱糟糟的,脸涨得通红。

"你干什么?"他惊慌地嘶声说道。

"你没收到我的信吗?"蒂莉困惑地说。

"什么信?!"米罗说着,从火车里探出头,四处看看,"我没收到什么信。"

"可是……我照你说过的,通过卷尾环衬寄的!"蒂莉抗议道,"如果你没收到,又怎么会在这儿?"

"我们压根就没离开!"米罗说道,声音比平时高很多,"别管这个了!快,快来!"他伸出手去够蒂莉的手,可够到的却是她手里拎着的靴子。他困惑地瞥了一眼,把它们扔在身后,再次伸手去抓她的手腕。蒂莉跌跌撞撞地爬上去,米罗在她身后把门砰地关上了。

"到底发生了什么事?"蒂莉愁眉不展地看着他,"你还好吗?要我去叫我妈妈吗?"

"不用!"米罗嘶声说道,"转过来!"

蒂莉转过身,马上明白了是怎么回事。在地板上不雅地倒作一摊的是霍拉旭·博尔特。他已经失去意识,但还在呼吸,指尖都被染成了深紫色。

18
一场鼓舞人心的好演讲

"哦，不。"蒂莉低声说道。

"他死了吗？"米罗急促地喘着气。

"没有！"蒂莉说道，"如果他也是被那本书下了毒，那他肯定就跟我外公的状态一样，睡得叫都叫不醒。可他究竟为什么要去碰那本书呢？他明明知道它有毒，我实在不能理解。"

"是我的错，"米罗绝望地说，"我那会儿就瞧了瞧那本书，可霍拉旭以为我想把它从袋子里拿出来，就把我推到了一边，结果它就掉出来了。他是为了不让我摸到才中毒的。"

蒂莉看到米罗脸上浮现出恍然大悟的神情。"他救了我，我没想到他会那么做，你明白吗？"

"我觉得你应该先坐下来，"蒂莉温柔地说道，"我知道他并不总是很……善良，但很显然，他内心深处是爱你的，不然他也不会拼上自己的命，以免你中毒。我并不是想说他的坏话，他确实不像是那种为了不在乎的人也会这么做的人。"

"这些都说不通。"米罗说着，由着蒂莉把他领到叔叔的椅子旁，

"等一下……你说你给我写过信?"

"是啊!"蒂莉说,"我和奥斯卡给你写过很多次!但显然我们不知怎么的没做对。今天晚上我给你写信,说如果这不是个诡计或者陷阱,你能不能叫你叔叔来接我,这样我就能按他要求的去做,给我外公弄到解药。但我猜,这下两件事我们都得自己做了。我希望他跟你说过多一些的信息。还有,我们得在我妈下楼来打开店门之前,把火车从店里弄出去。"

"可我不知道怎么开火车!"米罗哭着说,"我什么都不懂!"

"我相信不是这样的。"蒂莉说着,努力保持冷静,为了自己,也为了米罗。也许她应该去把妈妈或者外婆叫醒。如果她能在去的路上穿好睡衣,她就可以说自己是在梦游什么的,就没人需要知道她写下的信或者想了一半的计划,而外婆也能照顾米罗。

但她脑海里止不住地回想着霍拉旭关于时间的话。她很爱外婆,过去的经验告诉她,无论事态多么危急,外婆总是会尽力按照恰当的、理性的方式去做,可现在并没有时间那么做了。

"现在最要紧的是,你得先把我们从这儿弄出去。"她努力摆出自信的样子,对米罗说,"你耳濡目染这么久,一定知道这火车是怎么运作的。霍拉旭告诉过你或者给过你什么东西没有,或者,有操作手册之类的东西吗?"

"一辆有魔力的神秘火车,会有一本操作手册?"米罗惊讶地说。

"谁知道呢!"蒂莉说,"我觉得所有的东西都应该有操作手册。"

"等一下,"米罗缓缓地说着,一把抓住了蒂莉的手腕,"那个哨子。"

"哎哟!"她叫着挣脱了,"什么哨子?"

米罗没有回答,只是摇晃着站起身来,跪在叔叔缩成一团的身体旁边。好一会儿他一动不动,接着深吸一口气,回头看着蒂莉。

"在我们做别的事情之前,能不能请你搭把手,一起把他弄到安全舒适的地方去?"

"当然可以。"蒂莉说着冲到米罗身边,"你想把他弄到哪儿去?"

"他的车厢里,"米罗说道,"我们需要……"他的声音小了下去,伸出手从霍拉旭的大衣口袋里拽出一大串钥匙,"这个。好了,你抓着他的两条腿,我从他的腋下抬起他的上半身,我们就这样抬着他走?只要抬到下一节车厢就好。我先去把门打开。"他站起来,拿着钥匙飞奔出去,留下蒂莉和昏迷不醒的霍拉旭待在一起。

米罗的叔叔毫无疑问还有呼吸,虽然十分缓慢。蒂莉忍不住注意到,他睡着的时候看起来温和多了。

"好吧,"她心想,"要么米罗会弄清楚怎么驾驶这玩意儿,我们就自己去找解药;要么他弄不明白,我们就只能告诉妈妈和外婆了。不管是哪种情况,总之都有计划了。"跟往常一样,有计划她就感觉好一点儿。

米罗很快就回来了,冲她点点头。蒂莉让自己别想太多,牢牢地抓住霍拉旭的脚踝,米罗则拼命地抄起叔叔的胳肢窝。这么抬着并不是很体面,以蒂莉对霍拉旭的了解,她能想象出他会有多讨厌这样。他的个子很高,对于两个孩子来说也很重,两人半抬半拖地把他弄出了办公室。

这一节车厢与下一节车厢之间只有很窄的空隙，但这恰是他们抬着这一路中最危险的一段，门道太窄也是个障碍。蒂莉让霍拉旭的脚从空隙间荡过去，她跳过去跪在地上再接住。她突然想到，如果情况不是这么可怕，这样做还挺有意思的，就好像外公喜欢的老电影《劳莱与哈台》里的情节一样。这想法很快就从脑海里抹去了，她的手肘重重地撞在霍拉旭的床边，好在她和米罗很快就把霍拉旭弄到了床上。米罗把叔叔的四肢摊平，看上去真像只是睡着了。他小心翼翼地把手伸进霍拉旭的衬衫里，掏出那一只拴在链子上的木哨子。米罗轻轻地抬起叔叔的头，把链子取了下来，然后把它套在自己的脖子上，快步走回办公室。

"你刚才说这个哨子很重要？"蒂莉试探地问道。米罗站在车厢中央，不知所措地站了快有一分钟。

"什么？"他说道，看着蒂莉的眼神仿佛她刚刚才到似的，"抱歉。对，我刚才说了。"他把链子从套头衫下面掏出来，给她看。"霍拉旭书行进那本档案之前——这事我等一下跟你细说，"看见蒂莉正准备提问打断他，他赶紧说道，"不管怎样，他进去之前，把这个交给我保管。以前他从没这样做过，他还告诉我不管他发生了什么事，我都要把哨子藏好，保证它的安全。"

"所以，它有什么用？"蒂莉说道，"对不起，我现在能问了吗？"

"当然，但我不一定知道答案。"米罗说。

"你肯定知道得比我多。"蒂莉突然严重地意识到，自己对正常的火车都知之甚少,更别提这列有魔法的了,"我甚至都不知道普通的火车里,哨子是用来干什么的——不就是为了让人知道火车来了吗?"

"但是霍拉旭将它挂在身上,还藏得这么隐秘,"米罗说道,"它肯定很重要。"

"你觉得它会跟驾驶这列火车有关?"蒂莉说。

"肯定有关,"米罗说道,"而且它是木头做的,"他指出这一点,"木头是书魔法最好的导体。"

"那么,你为什么不吹一下试试呢?"蒂莉说道,不知道除了这样做还能怎么测试。

"我不能就这么吹一下,再看看会发生什么吧!?"米罗惊恐地说道。

"为什么不能?"

"嗯,因为……"他的声音小了下去。

"因为你觉得很傻?"蒂莉说道。米罗点点头。

"我和奥斯卡寻找档案馆的下落那会儿,经历过各种各样感觉很傻,或者周围的人告诉我们没用的事情,但你得跟随自己内心的想法。我知道这听起来很俗套,可真的有用。如果你怀疑这个哨子有什么作用,那就试试。你知道,如果什么事都没发生,也没什么大不了的,我们就去叫醒我的家人。"

"好吧,"米罗说着,对她微微一笑,"顺便说一句,你这段演讲不错。"

"我外公一直教导我,一场鼓舞人心的好演讲有多重要,"她努力想笑一下,但是想到外公还像霍拉旭一样毫无意识地躺着,就感觉浑身不舒服,内心一片冰冷。霍拉旭关于时间的警告又一次响在她的耳边。

"好吧,开始了。"米罗说着,把口哨放在嘴边吹了起来。

19
你只需要想象

没有声音,蒂莉努力抑制住自己的希望,不想让米罗也失望。

他鼓起更多信心,又试了一次,还是没有声音。

"它不管用。"米罗尴尬地说道。

"火车刚刚是动了吗?"她说着,两眼发亮。

"好像……扭了一下?"米罗说道。他是对的,那动静就像你刚刚睡了一个好觉,起来伸伸懒腰。

"再来一下!再吹一下哨子!"蒂莉说道,米罗照做了。但这一次,比起刚才那种满足的睡后懒腰,更像是一种颤抖,一种谴责。

"对不对,对不起!"米罗说道,"好了,我不吹了。"

"我猜,你已经引起它的注意了。"蒂莉说道,"要是你接着吹,就好像别人都已经打开门了,可你还在按门铃。你得告诉它我们要去哪儿!"她兴奋得不行,满怀希望。

"你觉得我怎么才能做到?"米罗说道,"等一下……"

蒂莉望着她,他闭上眼睛,额头皱了起来。"你在干什么?"她悄声问。

"我只是想……听起来可能很荒谬，可考虑到它的动力来源，我也不觉得会有那么容易……或许只要想象一下就行了？"

"我看不出来有什么不行，"蒂莉说道，"也许这哨子给你，就是让你当司机的意思？谁用它来设置目的地都行，所以霍拉旭才说要把它藏好？想象一下你想去哪儿！快，趁它还没再次睡着，或者关机什么的！"

米罗闭上眼睛。

"等一下，"蒂莉说，"我们想去哪儿来着？"

可是已经太迟了，长词号的骨架深处突然剧烈地晃动起来，随着它猛地向前一倾，蒂莉和米罗摔倒在地上。

"它管用了吗？"米罗说着，努力想保持平衡，可是火车仍然在磕磕巴巴地向前移动，令人很难保持直立，"这是我造成的？"

"你确实做了什么——这是肯定的。"蒂莉说着，摇摇晃晃地走到一扇窗户前，把百叶窗升了上去。他们仿佛正在一本翻动着的大书里穿行，各种各样的地方飞快地从身边掠过，难以辨清到底是在哪里。

"这……跟霍拉旭开车的时候不一样啊。"米罗微微颤抖着说道。

"好吧，我们肯定是要去某个地方了，"蒂莉说着，紧紧地抓住窗框，免得自己倒下去，"但你是对的，这情形跟上次不太一样——它起作用的时候你正在想什么？"

"我也不太清楚，"米罗说着，"我被这一切压得，很难集中精神想要去哪里，然后它就动起来了。"他和蒂莉一起站到窗前，惊恐地望着外面。火车哐当哐当地在他们周围摇晃着，他们无助地看着窗外，掠过一座悬崖上的城堡，穿过一座古老的城市，越过一片海洋，然后是杉木——太快了，看不清到底是在哪里。就好像这列火车也无法正常思考，无法弄清楚怎样才能到达米罗想象的地方了。

蒂莉拼命稳住不慌。"那个，好吧，你以前也没开过这列火车，当然需要一点时间来适应，"她说着，抓得紧紧的，"重要的是你显然可以做到！所以……"她顿了一下，想到一个可怕的念头，"这是我的错？"她小声地问道。

"这怎么就是你的错了？"米罗惊讶地问道。

"这个嘛，你还记得我是怎么遇到那些从书里出来的故事，然后它们试图把我带回去的吗？"

"哦，记得——这种事还在发生吗？"

"远没有以前那么频繁了——这也许是因为我们解封了那些源本书。但是偶尔也会有东西溢出来，我还是得小心那些想抓住我的植物什么的。"

"我觉得这次不像那种情况。"米罗说，"可我不知道！长词号的全部意义就在于它能让我们安全地在故事世界中穿行，它是不会试图把你抓进故事里去的。"

"但是，如果不是我的缘故，这到底是怎么回事？和发动机有关？你是不是得——我不知道——点燃什么东西，或者加进更多的书魔法？"

"发动机！"米罗喊道，"当然是这样！我怎么什么事都做不好？我都不知道发动机里到底还有多少魔法。我打赌就是这个原因。"

两个人努力稳住身体，然后爬进了驾驶室。米罗打开发动机的舱门，两人看到里面虽然还有些冒着火光的余烬，但已经没有火焰在咆哮了。

"我们根本没有足够的动力去任何地方了，"米罗说着，松了口气，"不知道为什么燃料都没了，我们还能跑这么快，但这就是问题所在了，对吗？"蒂莉耸了耸肩，她希望能给他一些鼓励，她也不知道。没有按照任何她所掌握的逻辑行事，长词号似乎很高兴。

米罗转身拿起几个充满了想象力的木球，把它们扔进发动机里，木球几乎立刻就着了，开始冒出火花。他回头瞥了一眼那个木球网。

"我们很快就该多充几个了。"他紧张地说。

"好啊，我们能做到——我以前就做过！"蒂莉说着，慢慢平静下来。可等到木球烧得更旺，释放出其中的书魔法时，火车也并没有平静下来，变得更平稳，反而加快了速度，摇晃得更厉害了。

"米罗，你还得再试试。"蒂莉催他，"你得试试想一个明确的要去的地方！"

"可我不知道要去哪儿！"

"你能想到什么安全的地方吗？"蒂莉说道。

"我们刚刚离开的地方就很安全！"米罗哭着说，"我们就不应该走，现在再也回不去了！"

"不对！"蒂莉说道，努力摆出更坚定和冷静的口吻。

"也许你应该来试试，"米罗说道，"实际上，我不知道为什么一开始你不来试试——半虚构血统在这里也许也能派上用场呢，你都能直接跟故事世界对话。"

"听我说，米罗！"蒂莉坚持道，"我不了解这列火车——而你长这么大，一半时间都在这上面度过，它认识你。我想不到还有谁能驾驶它。你只需要想象一下！"

"也许我的想象力并不够强大。"米罗绝望地说道。

"可看这情形，并不是不够强大，而是太强大了。"蒂莉拼命抓住那张网，说道。

20
热巧克力总能帮上忙

长词号的速度并没有慢下来,而且以惊人的速度燃烧着书魔法。它继续保持着高速行驶,从一个地方跳到另一个地方。不管两人吹了多少次哨子,想象了多少次,都无法使火车停下来,也没有让它慢下来。

"我们能就这样任它烧光那些书魔法,看它最后会停在哪儿吗?"蒂莉提议道,不太确定此时此刻还能做些什么。米罗沮丧地点点头,表示同意。

"我们正经过的这些地方……"蒂莉说道,随着列车飞驰,她越来越好奇,"它们都是书里的吗?刚才有一会儿,我感觉路过了疯帽匠的茶话会,但我只是瞥到了一眼。"

"不全是,"米罗说道,"我们没法坐火车进入书里,霍拉旭很讨厌这样。我们还得用传统的方式书行。但我们现在是在想象力中旅行,所以会看到构成故事世界的所有灵感和故事的闪现。我不认为会在其中哪个故事中停下,卷尾环衬会拒绝我们。"

"卷尾环衬跟故事世界是不同的吗?"蒂莉问道,搞不清楚这一切都是怎么联系在一起的。

"对,"米罗说道,"据我所知,它们都是用同样的素材构成的,但是故事世界,就好像是一切,是所有的时间和空间,从最最开始就存在,因为人们从最最开始就互相讲故事。而卷尾环衬是跟书本身有关的,是一种实际存在的物体,书很显然是保存故事的最常见的方式,但并不是唯一一种。卷尾环衬保证了写下来的故事和人物的安全——或者说它在试图这么做。你也知道,它的工作并不总是很顺利。我说明白了吗?"

"我想我大概明白了。"蒂莉说,"不知道书行者们是不是都能很好地理解,这毕竟是魔法。等一下……"她瞪着窗外,"我们在减速了?"

米罗紧紧地拽着那个木球网,凑过去看发动机里面。随着火车的车速减慢,里面的火苗终于不那么凶猛了,慢慢变成闪着光的余烬。窗外一直闪烁着的影像平静了下来,消失在故事世界闪闪发光的天空里。蒂莉往窗外望去,外面一片黑暗,什么也看不见,只有一两点闪烁的微光。

"我们似乎只是在故事世界的中央闲逛。"她说,努力压住心里不断上升的恐慌。她感觉自己迷失在这个空间里了。"但这也没关系,对吧?至少火车感觉……平静一些了。"

"我感觉不太平静。"米罗靠在墙上,说道。

"别忘了你已经弄明白怎么当司机了,"蒂莉说,"或者至少掌握了要领。我觉得火车眼下的状况跟你脑子里是否有一个非常清晰的想法有关。我们确实需要停下来，想想去哪儿找解药。我们只是需要一个计划——要不先来杯热巧克力？"

米罗对她微微一笑，点点头。热巧克力总能帮上忙，蒂莉心想。她跟着米罗来到餐车，餐车的一头有一个虽然小但食物充足的储藏室。

"你们以前不是还有个厨师吗？"蒂莉问道。她还记得有人给他们送了食物，可具体的记不清了。

"啊，对，我想是的。"米罗含糊地说道，"但车上有一阵子没有来客户了，所以目前不需要厨师。霍拉旭最近把极大的精力放在了一件事上，压力比往常还要大。他给那位客户弄了一大堆东西，就是我跟你提过的那位植物学家。"

"没错！"蒂莉兴奋地说道，"你说过你觉得霍拉旭可能就是要通过植物学家弄到解药。所以，我们应该去找这位植物学家！"

"对，"米罗说道，"霍拉旭晕倒前就是这么说的。他说我们得拿到……拿到那个他称为纲目的东西，并把它交给植物学家。他没能说得太清楚。"

"一个纲目？"蒂莉问道，"这是什么意思？"

"他在找这个叫作毒药纲目的东西，是一本精巧的书或者盒子什么的——这是我从这个名字推测的——里面应该有有毒的东西。他一心想要拿到它，所以它肯定很重要。他说他需要用这个东西去阻止什么人，但还没来得及告诉我那个人是谁，就摸到了那本书。那似乎是一个让他害怕的人？他从没怕过任何人。"

"那你知道那个有毒的东西在哪儿吗？"蒂莉问道。

"我的确知道！"米罗高兴地说，"就在《绿野仙踪》里。"

"好，那这就是我们要做的了。"蒂莉说道，"我们去把那个有毒的盒子什么的弄出来，然后把它交给植物学家。霍拉旭在来佩吉斯书店之前就知道我外公病了，也许他早就在找解药了。"

"他确实说过，这个坏人还用其他的东西来打破书行的规则，所以……我猜他和植物学家是在想办法阻止他？"

"那个毒药纲目里肯定有什么关键性的东西，"蒂莉说，"所以他才那么执着要找到它。他又站到正义的这一边了——只是他不想让别人知道。"

"但是这些事安全吗？"米罗问道，"我是说，书行进《绿野仙踪》？然后……去找一个我们并不认识的人？之后我们就拿着那个纲目现身，寄希望于植物学家知道下一步该怎么做？"

"基本上就是这样，"蒂莉说道，"我们早就不安全了。我外公和你叔叔都昏迷不醒。我们得尽力治好他们，然后搞清楚到底是怎么回事。这里发生了更大的事，跟你叔叔害怕的那个人有关。我们已经推理出这么多信息了，对吧？"

她努力维持着乐观的心态，脑子里一刻不敢忘记外公的事，这催促着她不断往前。即便是在和奥斯卡寻找档案馆的下落，拯救英国所有的书行者时，她都没有感到像现在这样糟糕。那是她外公，是在她母亲失踪后一直照顾她的人；是每天晚上在火炉前读书给她听，学着在她的校服上缝名牌的人；是把自己最喜欢的所有故事都介绍给她，和她在汉普斯特德希思散步好几个小时,一起编新故事的人;是为了用微波炉把她的画烘干,差点把厨房炸掉的人;是她想玩了就随时和她一起玩棋盘游戏的人;是那个最先告诉她,说她是个书行者的人。

她不能失去外公。她得帮米罗恢复自信,因为他才是那个知道所有线索,拥有火车哨子的人,这件事,他们俩谁离开谁都做不成。

"我还以为你喜欢冒险!"她试着哄他。

"理论上是的!"米罗说,"可我经常只是一个……旁观者,你知道的。我喜欢看别人冒险,或者阅读别人的冒险故事!"

"那好吧,眼下这就是你自己的冒险了,而且已经开始了。"蒂莉坚定地说道,"所以,让我们一起去拿到那个纲目,治好外公和霍拉旭吧,好吗?"

"好的。"米罗说道,"不过,先来杯热巧克力,对吧?"

"当然了。"蒂莉说。

21
这并不是一个是或者否的问题

喝着热巧，蒂莉听米罗讲了他掌握的关于毒药纲目和那位植物学家的所有信息，其实也不是很多。

"霍拉旭肯定它就藏在《绿野仙踪》里，对吗？"蒂莉问道。

"对，非常肯定。"米罗点头，"他说那东西就在翡翠城某个地方的隐藏图书馆里。他说我们能从任何一本《绿野仙踪》里把它拿出来，'他控制着所有的副本'。"

"这话是什么意思？"蒂莉问，"一个人怎么能控制住一本书的所有副本呢？"

"我不知道，但理想的情况是，我们不用书行进一本有毒并且语言咱俩都看不懂的书里……"他顿了一下，"你不会讲意大利语吧？"

"不会。"蒂莉摇摇头。

"好吧，那就跟我想的一样，书行进一本有毒的意大利语版《绿野仙踪》里，我们也走不了多远。"

"但是，假如你能从任何一本副本里拿到那个毒药盒子，那它就一定是藏在源本里的。"蒂莉指出，"如果是这样的话，那个源本一定在他自己手里，所以我们之前把大英地下图书馆里的书换成普通版本的时候，这本书才没有受影响。也只有这样才能解释得通！如果你把什么东西放进一个源本里，那这东西就会存在于每个副本里，是不是？"

"我想就是这样？"米罗说，"不过，这看起来并不安全，每个人都可以拿到了啊。"

"可这主意真绝，"蒂莉想了想，说道，"这意味着它很容易访问，你也用不着操心某本特定的书的安全了。而且我从来没听说过，还有哪位书行者能把不是自己带进去的东西从书里带出来，所以，就算有人发现了它，也没办法偷走。"

"当然是这样，"米罗说道，"这样就解释得通了。霍拉旭曾说，他觉得那个人可能发明出了什么东西来拿到它——或者他曾经让人把东西带进去，然后守在那里，在他需要的时候再让他们把它拿出来。"

"所以霍拉旭才会需要我，就是这样，"蒂莉说道，"我猜就是这个人，我们有他档案的这个人在帮他守护那个盒子。他叫什么名字？"

"西奥多·格兰特。"米罗说着，把那本空白的档案递给蒂莉，"只有这么个信息，可我觉得就是这个人了，我们就得通过他找到那个毒盒子。"

"不过，假如他的职责是守护那个盒子，他没准会给我们制造麻烦吧？"蒂莉紧张地说道，"你也知道，我是打不过别人的。"

"绝对打不过。"米罗不安地说。

"所以，你叔叔想从控制《绿野仙踪》所有副本的那个人那里偷走毒盒子——不管它是个什么吧——再把它带给这位植物学家，而这位植物学家能够帮忙阻止那个人？"

"差不多是这样。"米罗说道，"可这跟你外公又有什么关系呢？也许他通过地下图书馆，也知道了这些秘密？"

"也许吧。"蒂莉不太喜欢这种还有更多秘密被家人瞒着的感觉。

"那本有毒的书上有显示它是从哪儿来的信息吗？"他问道，"没有任何说明？"

"只有一张小卡片，上面有个符号，"蒂莉说，"是一个圆圈，里面有一条弯曲的线。"

米罗僵住了，问道："那条线——是不是像一本打开的书？"

"当然有可能，"蒂莉说，"或者，也可能是只鸟？"

"等一下。"米罗说着，匆匆走出餐车。几分钟后，他上气不接下气地跑了回来，带着一本棕色皮面的书，里面塞满了散开的纸张。米罗翻动着一张张散页，直到找到了一张长方形的小卡片。他把卡片举到蒂莉面前。

"是这个符号吗？"他喘着问道。

"没错！"蒂莉说道，"一模一样！你这是在什么东西里面找到的？"

"这是……呃……家庭记录，"米罗说，"我想是的。"

"霍拉旭掌握的信息，显然还有很多没有告诉过你或者我的家人，可不幸的是，他眼下这样……昏迷不醒。"

"说实话，即便他醒着，也不一定会跟我们说更多。"米罗说，"他唯一一次谈起这件事，是我们从书店回到长词号上的时候，你没有跟我们走，他压力太大了。就在那时他提到要把那个毒盒子给植物学家送去，这也是他跟我说的最后一件事。"

"你相信他吗？"

"这并不是一个是或者否的问题，"米罗承认道，"但我不能就这样离开他。我也不确定除了按他说的做，我们还能有什么办法救他和你外公，弄清楚到底发生了什么。"

"这里面还有什么有用的东西吗？"蒂莉指着米罗拿出卡片的那本书，"我们要再检查一下其他的纸张吗？你说这是一本家庭记录——也是霍拉旭的吗？"

"不是，只是我的。"米罗说着，把手牢牢地按在上面。"对不起，"他说，"这是家庭的东西，是私人的。"

"好吧，"蒂莉努力抑制自己的好奇心，"你曾经说……你曾经说你们家其他的家人你都不认识？"

"对，"他静静地说，"这本书也是我刚刚才发现的。发生了这么多事，我都还没有机会好好看看。"

"也许现在看看会有好处呢，如果你不会觉得不舒服的话？"蒂莉说道，"既然那个符号在这里头，那里面可能还有更多有用的信息，而且，如果霍拉旭说的关于毒药的话是真的，我们确实没有太多线索——也没有太多时间了。"

米罗点点头，深吸一口气，打开了那本书。第一页是一张对折的小海报。

"这里面有一半的东西我都不知道是什么,"米罗说着,展开那张海报,"早些时候我看到了这个,觉得像是长词号的什么广告,但我从来都没有听说过埃瓦丽娜。"

"'埃瓦丽娜的文学好奇心',"蒂莉念出声来,"你知道她是谁吗?"

"我有个猜测,"他说着,找出一张照片,递给她,"你看背面。"

蒂莉接过照片。照片上霍拉旭和一个年长的女人站在一起,另一个男人显然是他的哥哥,也就是米罗的父亲。照片的背面写着:"埃瓦丽娜和她的儿子们。"

"所以……埃瓦丽娜是你的奶奶?"蒂莉问道。

"我猜是的。"米罗沮丧地说。

"春天我来长词号的时候,霍拉旭曾说在他之前,这列火车的主人是别人,那个人曾经用它来与书中的人物共进晚餐……你觉得这火车会是你奶奶的吗?和文学人物共进晚餐,这不就是那张海报上说的文学好奇心吗。但是他为什么不直说这列火车曾经是他妈妈的呢?"

"我不知道,"米罗说道,"目前我只想到了这些。他总是遮遮掩掩的,我不明白他为什么不告诉我这列火车其实是家族生意。还有,她人现在在哪儿呢?她的年纪不会比你外公外婆大多少。我甚至都不知道她是否还活着。"

"这话可能没多大帮助,但我真的想知道被家人隐瞒了很多秘密是什么感觉,"蒂莉说道,"你感觉怎样?"

"我觉得……很难过,我对我的家庭一无所知,"米罗慢慢地答道,"也不知道我爸妈遭遇了什么事,还很困惑我可能有个奶奶,在我不知道的什么地方。"

"但是,米罗,"蒂莉有点难过地说道,"假如你的叔叔已经继承了这列火车,那她很可能就已经不在了——我很抱歉。"

"这一点,我们也还不清楚。"他说,"我所知道的就是这些了。不管怎样,这里面还有很多东西需要查看,也许能告诉我们她在哪儿。在找到纲目,去找植物学家的路上,我能把它们全部看完。希望植物学家能通过纲目,治好你外公和霍拉旭,我就能问霍拉旭更多关于这本书的事。"

"好吧,"蒂莉说道,"你觉得……能找到植物学家吗?"

"能,"米罗说道,声音比蒂莉以前听过的坚定多了,"我以前从没在那里下过火车,但我见过我们要去的那个地方——它就在诺森伯兰郡。我能找到路。要弄清楚发生了什么事,唯一的办法就是唤醒霍拉旭。我们去找那个毒盒子吧。"

"那你还有一本《绿野仙踪》吗?"蒂莉盯着那本有毒的意大利语版问道,那本书还躺在之前掉下去的地方,就在霍拉旭的书桌下面,"不用看这本固然很好,但我们还有另外一本吗?"

"我敢肯定我们还有,就在某个地方,"米罗说道,"尤其是霍拉旭知道这一切都跟这本书有关。我去图书馆车厢看看。你看看这里的书架。我马上就回来。"

蒂莉不得不拼命地忍着,不去看米罗留在书桌上的那本剪贴簿里的东西，这些都不是她要去揭露的秘密。她转而试着打开抽屉，可是都上锁了，那串钥匙米罗也带走了。她在心里记下，等回来的时候，要查看一下这些抽屉。

几分钟后，米罗抱着一个书包和一本书回来了，他把书递给蒂莉。

"你准备好了吗？"蒂莉说着，拿起那本《绿野仙踪》。

"没有。"米罗说道。蒂莉惊讶地抬头看着他。

"但我们反正都要去，"他弱弱地说，"从哪儿书行进去？"

"你叔叔提到了翡翠城，是吧？"蒂莉说，"我们就从这儿开始……"她翻着书，找到正确的那一页，抓住米罗微微颤抖的双臂，把两个人书行进故事里。

他们继续往前走着，那道绿光越来越亮，看起来他们终于快走到这趟旅途的终点了。然而，直到下午他们才来到围绕着城市的高大城墙边。那城墙又高又厚，是鲜绿的颜色。

22
我们出发去见女巫

他们不得不眯起眼睛，看着霍拉旭办公室里的黑木头和黄铜物件在他们周围折叠下去，一条被明亮的阳光照耀着的路出现了……

"黄砖路！"米罗高兴地说道，"我以前从没步行进入过这里，你呢？"

蒂莉摇摇头。这条路上标志性的黄油色砖块已足够超现实了，更别提眼前还有一面散发出绿光的城墙。

"翡翠城！"她惊奇地低声说道，"我们走。"

这高耸的城墙将城市挡在了后面，一点儿也看不见，只有绿色的雾霭从城墙顶上溢出来，就像有一盏巨大的绿色泛光灯在向上照射。两人朝城墙走去，米罗把书塞回书包，把书包仔细扣好。他们走着走着，微风中飘来了一阵悦耳的聊天声。

"看！"米罗指着身后跟上来的一群分外熟悉的旅行者。

"我们等等，"蒂莉说道，"试试跟他们一起进城。"

"我们得多留意所有疑似西奥多的人。"米罗指出，"他的档案里说，他从没离开过这本书。"

"我们有什么关于他长相的资料吗?"蒂莉问道。

"只知道他应该只有二十出头。"说话间,他俩离那群人很近了。

"你们好!"蒂莉叫着转过身去,拼命维持住脸上大大的笑容——面对这些著名的人物,要保持冷静太难了。那儿有一个用稻草做的人,一张脸是粗粗画上去的;一个闪闪发光的铁皮伐木工,身上有几道在旅途中留下的划痕;还有一头狮子站在最前面,微微发抖地护着其他人。最后是一个跟他们年纪差不多的女孩,穿着蓝白相间的方格连衣裙,脚上是一双闪闪发光的银色鞋子,怀里抱着一只小狗。

"你的鞋子不是红色的!"蒂莉脱口而出。

"为什么要是红色的?"女孩一口美国口音。

"电影里——"米罗刚开口,蒂莉推了他一下,他赶紧住口。

"对不起,真是个糟糕的开场。"米罗有些不好意思,见这四个人盯着他们,完全搞不清楚状况,他补充道,"我是米罗,这是蒂莉。"

"你们好。"女孩说着,行了个屈膝礼,"我叫多萝西·盖尔,这是我的朋友和同伴,狮子、铁皮人和稻草人。这是我的小狗托托。我们要去翡翠城见巫师,你们要去哪儿?"

"我们也去翡翠城。"蒂莉说,"去找一个……失踪的……朋友。"

"你们好忠诚啊。"多萝西说道,脸上露出了灿烂而真诚的笑容,"我们一起走吧。也许你们应该去问问巫师是否认识你们的朋友?他是全奥兹国最强大、最好的人。"

"他会给我安一点脑子。"稻草人说。

"给我一颗心脏。"铁皮人微笑着说。

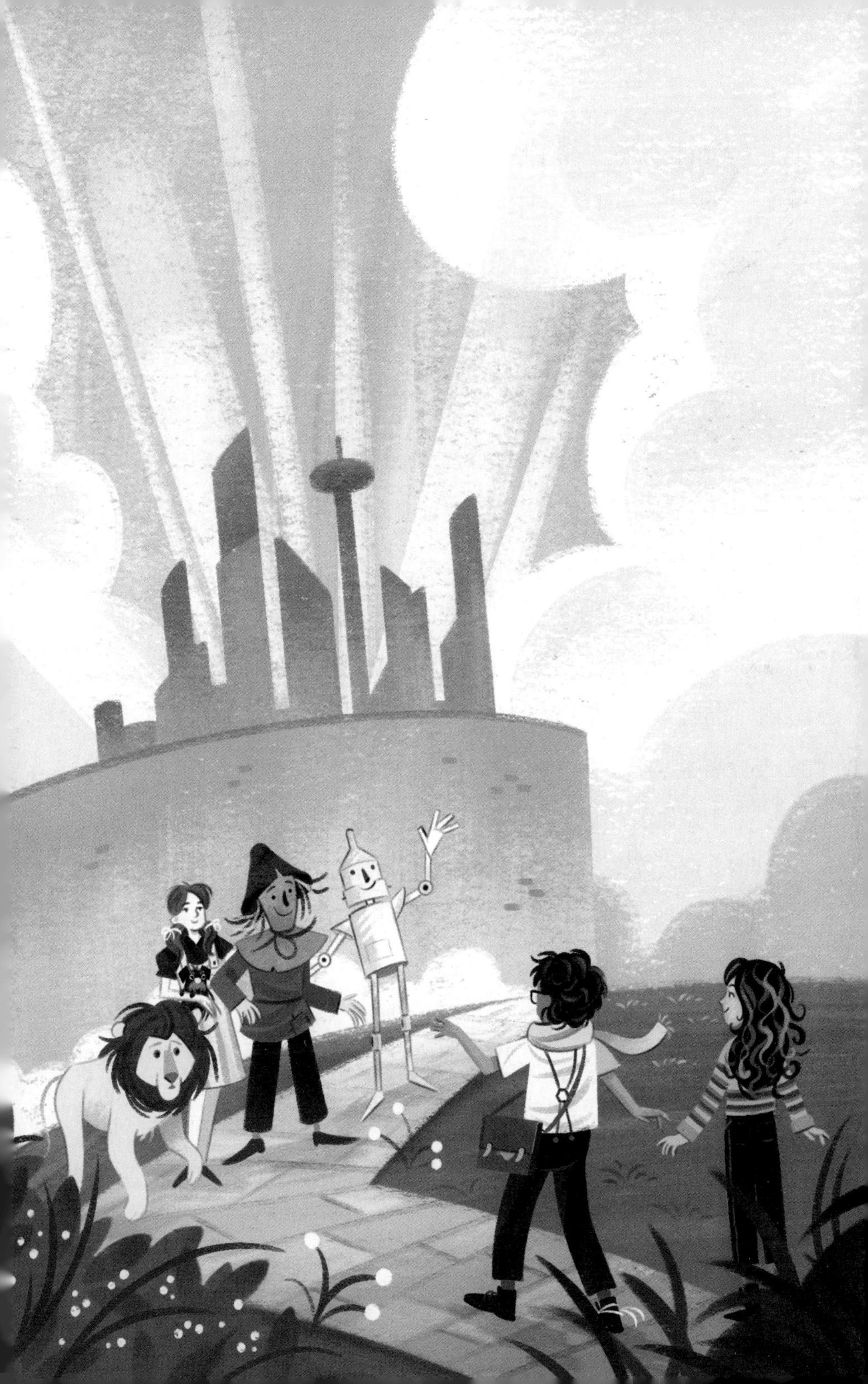

"给我勇气！"狮子插嘴说道。

"希望他们能给你们想要的一切，"蒂莉温和地说道，"或者如果他办不到，你们就去别的地方找吧。"

"哦，他马上就能帮我们，我坚信。"多萝西说道，"因为他是奥兹国最睿智的魔术师。喏，这一路上和我们聊过天的每个人都这么说，而且这条路是北方好女巫亲自指给我的！"

"还有谁能帮助我们得到想要的东西呢？"铁皮人指出。

米罗和蒂莉只是点点头，仅仅因为自己知道结局，就去指出别人计划中有问题的地方，这样做是不礼貌的。

"那我们可以和你们一起走吗？"米罗问道，"就走到城门那里？"

"当然可以了，"多萝西说道，"我就喜欢交新朋友。"

"我们必须往前走了，"稻草人说道，"我们已经走了这么远，和巫师离得这样近了。"

于是他们六个一起朝那扇雄伟的大木门走去，门上镶嵌着那么多翡翠，那么闪亮，让人难以直视。门边挂着一个华丽的门铃，多萝西伸手自信地按了一下按钮。城门里面响起了一阵轻柔的铃声，门开了。然而，他们并没有被直接领进城里，而是进入了一个大厅。这个大厅有着高而优雅的天花板，上面也镶满了大小不一的翡翠。

"你觉得这得花多少钱？"米罗被眼前的景象惊呆了。

"也许这里的翡翠并不贵呢，"蒂莉说，"不过我也没法告诉你在家那边一颗翡翠值多少钱。我猜巫师是挺有钱的，尽管他是个冒牌货。"

"你们在说什么?"狮子问道,转过身来面对他们。

尽管他们知道这是一头非常善良的狮子,内心也远比自己意识到的要勇敢得多,但是被一只完全成年的狮子要求回答问题,还是挺吓人的。

"哦,没什么,"米罗试图掩饰道,"就是说巫师挺有钱的,也很……宽阔?"

"宽阔?"狮子重复了一下,不太明白。

"啊,是的,"蒂莉说道,"我们听说他的肩膀可宽阔了,你听说了吗?"

"我当然听说了,"狮子说道,"要我说,只有这么重要的人物才适合有那么宽的肩膀。"它又瞪了他们一眼,啪嗒啪嗒地走回去,站在多萝西旁边。

墙上的一扇小门打开了,走出来一个非常矮的人,从头到脚都是绿的。他穿着一套苔藓绿的天鹅绒西装,戴着一顶森林绿的高顶礼帽,脚上是一双精致的薄荷绿尖头鞋子。就连他的皮肤都是微微发绿的,这使他看起来有一点点可怜。他拿着一个大盒子(当然也是绿的)。

"你们来翡翠城有什么心愿?"他用一种盛气凌人还有些刺耳的声音问大家。

"我们来这里求见伟大的奥兹。"多萝西礼貌地答道。

这个守卫似乎没有料到这个答案,惊得一屁股坐在了地板上。因为他太矮了,这反应并不是特别戏剧化,但毫无疑问也不是大家所期待看到的。

"很多年都没有人向我要求见奥兹了,"他完全一脸茫然地说道,"他既强大又可怕,如果你们是为了一件无聊或愚蠢的事情,去打扰这位伟大的巫师睿智的思考,他可能会很生气,会立刻把你们全部消灭!"

"但我们必须要见巫师,"多萝西坚定地继续说道,"我们走了很远的路来的。"

"我们要求的事并不愚蠢,也不无聊,"稻草人说道,"而是一件非常重要的事。并且我们听到人人都说奥兹是一位好巫师,不管他有多么可怕。"

"他当然是位好巫师。"小绿人说道,"他把翡翠城治理得很好。但是对于那些不诚实的人,或者仅是出于好奇来接近他的人,他是最可怕的,很少有人敢要求看他的脸。"

多萝西和她的朋友们交换了一个焦虑的眼神。

"我们这几个朋友都希望能见到巫师,"米罗大声说道,"事实上,我们俩也是。"他补充道。

多萝西感激地对她笑了笑。可是蒂莉很担心。"我们没有时间了!"她悄悄地说道,"我们得找到那个毒盒子,或者找到西奥多,然后出去!"

"嗯,巫师很可能知道些什么,或者如果他从这边来的话,也许曾经见过西奥多了。"米罗指出,"不管怎样,我们都必须进到城里去。"

"非常好，我会让你们继续前行的。"那个小人说道，"现在，我是城门的守卫，既然你们要求拜见伟大的奥兹，我会带你们去他的宫殿。但首先，你们必须戴上眼镜。"

"为什么？"多萝西问道。

"因为，如果你不戴眼镜，会被翡翠城的光辉和荣耀晃瞎的。城里的人必须白天黑夜都戴着眼镜。"城门守卫继续说道，"这些眼镜都要上锁，这是奥兹在城市最初建成的时候就发布过的命令，唯一能打开锁的钥匙在我手里。"

"这真像他有什么见不得人的……"蒂莉语气不详地低声说道。

"你们在说什么？"狮子问。

"哦，只是……"蒂莉结巴了。

"他有什么必须……指引的。"米罗打圆场。

"对，你知道的，指引我们前进，他真是太好了。"蒂莉把话说完。

"他就是一位非常好、非常强大的巫师，"狮子说道，"所以也许你们是对的，他是在用这副眼镜指引我们去他的宫殿，否则我们也许就会看不清楚。"

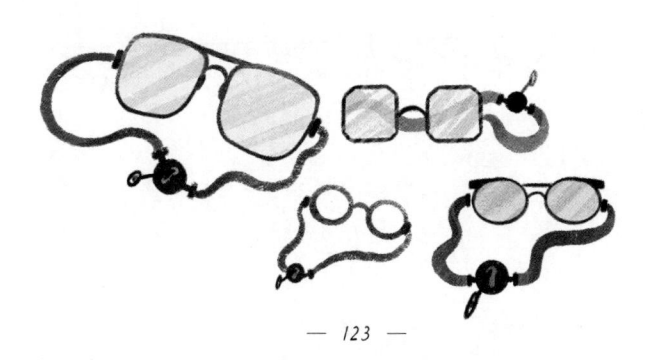

守卫打开了他带来的大盒子，他们看到里面放着一层又一层不同大小和设计的眼镜，镜片都是绿色的。守卫从这些藏品中挑出一副眼镜，先帮多萝西试戴——它没有镜腿，取代镜腿的是两根精致的金色带子，镜框上装饰着金色细丝。他把眼镜架在多萝西的眼睛上，然后抓起两根带子在她的后脑勺上系好，再用脖子上挂着的钥匙把眼镜锁好。多萝西很有礼貌地配合着，她的同伴们也一样。

蒂莉急着走，而守卫在慢悠悠地为每个人挑选合适的眼镜，但如果他们想进去，就没有别的办法，所以她只能等他挑好了，把眼镜固定在她头上。蒂莉心想，之前书行进来的时候，真应该直接就进入城里，虽然不戴眼镜的话会很显眼。眼镜戴得很紧——蒂莉猜想，这是为了防止人们随意摘下来——想摘下来的时候也得忍着别摘。

给大家都戴好眼镜之后，守卫把自己的眼镜戴回去，盛气凌人地推开了远处墙上的一扇大门。

"欢迎来到翡翠城。"他说。

23
完全没脑子

眼前的景象令人惊掉下巴。门外通向一条宽阔的街道，街道两旁都是装饰着翡翠的大房子，在阳光下闪闪发光，就连街道本身也镶了翡翠。有一个干净整洁的公园，里面有绿草，还有装饰了翡翠的小路和雕像，透过眼镜看去，就连太阳也是绿的。人们用绿色的钱币购买绿色的柠檬，穿着绿色的斗篷吃绿色的爆米花。路上熙熙攘攘，市民们从头到脚一身绿，都戴着眼镜。

"所有的东西并不真的都是绿的吧？"米罗悄声说道，"只是因为戴了眼镜，对吗？"

"我觉得不戴眼镜看也一定很绿，"蒂莉说道，"你想想入口大厅里的翡翠，还有那个守卫的皮肤。不过眼镜肯定让所有的东西都显得更绿了。谁知道哪些东西真的是绿色的，哪些东西是他们想让我们认为是绿的呢？"

"那个入口大厅没准就是个幌子。"米罗说道，"谁能有那么多闲置的翡翠嵌在地上！没准儿就是些玻璃片什么的。"

"你觉得我们该不该跑掉？"蒂莉低声说道。

"也许吧,"米罗说着,看起来很紧张,"可我们也不知道去哪里找呀。那个隐藏图书馆可能在任何地方——我觉得先找到西奥多可能才是最好的办法。"

"好吧,"蒂莉说道,"这样也有道理。但你要保证,假如要等很久,或者很明显谁也不知道西奥多是谁,我们就自己去找!"

"我保证。"米罗同意了。

他们紧紧地跟在多萝西后面,一群人跟在守卫后面沿着弯弯曲曲的街道走着,他们在翡翠城市民们的注视下走过。没有人发表反对意见,但是很多人在好奇地看着这列由三个孩子、一个稻草人、一个铁皮人、一头狮子和一只小狗组成的队伍,看他们跟着那个人朝着市中心那座高耸的建筑走去。

"这儿有些陌生人,"走到大楼门口的时候,守卫傲慢地宣布,"他们求见伟大的奥兹。"

"进来吧。"衣着整齐的士兵打开了大门,"我会去通报。"

"天哪,"蒂莉说道,"看那个守卫装神弄鬼的,这事也不是很难嘛,是吧?"

这时,守卫深深鞠了一躬,离开了。他们六个加上托托,跟着那个士兵穿过宫殿的大门,进入另一个大厅,这个大厅里当然也都是绿色的家具、绿色的油画以及穿着绿衣服的仆人。那儿还有一大块绿色的迎宾门垫,士兵坚持要他们先把脚底蹭干净,再领着他们列队走向一排长凳。

"你们先请便。我要去王官门口向伟大的奥兹通报你们的到来。"

他说着，鞠了一躬便立刻离开了。

多萝西和她朋友们兴奋地你看看我，我看看你。

"想想看，我们走了这么远的路，终于成功了！"多萝西说道，"很快巫师就会把我送回堪萨斯的家了！"

"还有给我脑子！"稻草人补充道。

"还有给我一颗心！"铁皮人说。

"还有给我勇气！"狮子最后说道。

多萝西转向米罗和蒂莉。

"他也会帮你们找到那个朋友的。"她温和地说道，"你们那个朋友是奥兹国的居民吗？"

"不是，是个游客。"米罗说，"实际上，我们觉得他可能……一直在这儿藏了什么东西。"

"太棒了！"多萝西说着拍起手来，"是什么宝藏吗？"

"是个盒子或者容器，"米罗解释道，"也可能是一本书。"

"那就是最伟大的宝藏了。"稻草人说道。

"对于一个没有脑子的人来说，你真是非常睿智了。"蒂莉笑道。

"你这样说真是太善良了，小姐。"稻草人说，"但我向你保证，我这个脑袋里完全没有脑子！所以我才需要巫师的帮助！"

过了一会儿，那个士兵回来了。

"哦！"多萝西说，"你见到奥兹了吗？"

"哦，没有，"士兵说，"我从没有见过他。他坐在屏风后面，我隔着屏风跟他说话，把你们的话转达给他了。他说如果你们很想见他,他愿意接见。但你们必须一个个单独跟他见面,而且他一天只见一个。所以,鉴于你们要在宫殿里待上几天,我会带你们去房间,让你们走了这么多天路后可以好好休息一下。"

"谢谢你。"多萝西说,尽管又要耽搁,可她还是像往常一样有礼貌,"奥兹真是太好了。"她这份镇定和善良让蒂莉非常惊讶。

士兵吹响了哨子,一个年轻的女人走过来,用这里每个人都有的那种很搞笑又很正式的方式鞠了一躬。

"跟我来,我带你们去房间。"她说。

蒂莉和米罗犹豫了一下,不知道该怎么办。

"我们是跟他们去,还是尝试一下找巫师谈谈?"米罗忧心忡忡地说。

"我们能把自己读到前面的情节里去吗,读到多萝西要拜见巫师的那一段?"蒂莉说着把米罗拉到一边,让多萝西和她的朋友们跟着那个女人进了宫殿。

"我猜……"米罗有点不确定地说,"就像快进一段,对吧?我们不能指望在宫殿或者城里闲逛,就能碰上西奥多或者一个邪恶的隐藏图书馆——这俩我们都不知道长什么样。既然如此,我们试一下跳着往前读吧。"

他从书包里掏出那本书,从现在所在的情节往后翻了几页,把自己读了进去。周围的景象模糊了,暗淡了,然后,他们几乎立刻跳回了等候大厅,就出现在穿着漂亮绿裙子的多萝西面前。托托的脖子上捆着一条绿丝带,它似乎不是特别喜欢。女仆也在那里,一脸狐疑地看着米罗和蒂莉。

"哦,你们好!"多萝西说道,像往常一样泰然自若,"你们俩是从哪儿来的?我正要去向巫师提出我的请求。你们愿意一起来吗?"

"巫师说过他一次只会见你们一个人。"女仆提醒她。

"也许就这一次,我们能求到一次允许呢?"多萝西乐观地建议道。

"你确定不介意我们跟你一起去吗?"蒂莉抓住多萝西的胳膊说道。

"完全不介意。"她和气地回答。

"我可不想在今天去考验巫师的耐心。"女仆警告说。

"为什么不?"多萝西问道,"他今天的心情尤其可怕吗?"

"的确是这样,"女仆说道,"就在今天早上,一个男人被捕了——一个擅闯宫殿的人!他是在肖像画廊里被抓的,当时正想毁掉一幅画!这真是前所未有的大事,没人知道他是谁,最糟糕的是,他没戴眼镜!"

24
被驱逐

蒂莉和米罗交换了一个眼神,这个鬼鬼祟祟擅闯的人肯定就是西奥多。多萝西小心地观察着他们,等女仆离开后,她悄悄地跟他们说了几句话。

"我真希望那个人不是你们的朋友,"她友善地说道,"我记得你说过他一直在藏什么东西。"

"至少我们知道他的行踪了。"蒂莉说道,"希望在巫师做出什么可怕的事情之前,我们能跟他说上话。"

前一天见过的那个士兵走进等候大厅,看到了他们。

"恐怕我得请你们在外面等一会儿了,犯人正在接受审判,"他说,"之后巫师就会接见你们。巫师很痛苦,这个擅闯者对他缺乏尊重,他需要一段时间冷静下来。这边请。"

三人跟着他走进一个更大的房间,里面挤满了衣着华丽、叽叽喳喳交谈的男人和女人。看到他们进来,所有人都沉默了。

"你们真的要去面见可怕的奥兹的脸吗?"一个女人在他们经过的时候,充满敬畏地低声问道。

"当然，"多萝西礼貌地说道，"如果他愿意见我们的话。"

"他会短暂地接见你们。"士兵说道，"不过，他确实不喜欢被人要求面见。实际上，起初他很生气，说我应该把你们送回你们来的地方。然后他又问你们长什么样，当我提到你的银鞋子时，他非常感兴趣。我敢肯定，等罪犯被处置完，你就会有巨大的荣幸跟他说话了。"

他刚说完，一阵巨大的骚动传来，等候室的门突然开了，两名士兵夹着一个男人走了出来。那个人又高又瘦，面色苍白，根本不是两个紧紧抓住他的士兵的对手。

"嗯哼，"其中一个士兵清了清嗓子，得意地挺起胸膛说道，"听着，听着！巫师有事宣布！这个人被判有罪，擅闯翡翠城，企图毁坏巫师的一幅画，还违反了巫师刚刚签署的几条法令。"

"他会怎么样？"米罗问其中一位贵族。

"啊，我想他会受到惩罚，"这位大人物说道，"胆敢如此无礼地冒犯巫师，必须杀鸡儆猴。"

"你们这里都怎么惩罚人的？"米罗紧张地问。

"你这么一问，我都答不上来了。"这个人说道，看起来很困惑，"大家平常都很守规矩。"

"嗯哼，"清嗓子的那个士兵回答了这个问题，"根据对他的指控和他所违反的法律，以及我们伟大的巫师写下的法律，根据……所有这些，可能还有更多我们不知道的原因，这个人被判逐出翡翠城！"

这名罪犯显然对这个判决感到惊愕，在被拖向宫殿的大门时开始挣扎。

"你现在必须去见巫师了。"三人正在观望,那个友好的士兵对多萝西说道,"他已经镇定下来了。而且,如果你现在不去,就永远不会再有荣幸在他面前出现了。"

"我必须走了。"多萝西对米罗和蒂莉说,"不然,我和托托就永远回不到堪萨斯的家了。"

"当然。"蒂莉说,"不过,我想我们会继续留在这里,去跟上那个人。"

"我们要跟吗?"米罗打量着那两个士兵说道。

"那就是你们的朋友,是吗?"多萝西伤心地说道,"真希望你们能帮助他找到回家的路,再没有比家更好的地方了。"

"我们也很希望你能达成所愿。"米罗诚恳地说。

"啊,谢谢你们。"多萝西说着行了一个屈膝礼,温暖地笑了一下,跟着士兵去面见巫师了。

米罗和蒂莉把注意转向了那个疑似西奥多·格兰特的人。

"我们得想办法跟他说上话!"蒂莉说道,"他看起来不太危险,是吧?我们必须弄明白他有没有那本纲目,或者要他告诉我们怎么进入那个隐藏图书馆……问他知不知道到底发生了什么事。"

他们挤到人群的前面,跟着士兵和西奥多沿着闪闪发光的街道,走到了翡翠城的大门前。其余的人在快走到入口大厅的时候,就都停下了脚步,仿佛那里有一面看不见的城墙。西奥多被移交给城门的守卫,守卫非常慌张,因为这个人没有眼镜要摘。

"嘿,你能帮我们把眼镜取下来吗?"蒂莉一边喊,一边追着那个人冲进大厅。

"你们要离开翡翠城?"守卫说道,仿佛觉得这个念头非常荒谬。

"眼下是的。"米罗焦急地说,眼看士兵已经押着那个人往大门那里走去了,"实际上,我们还有点赶时间。"

"很好,"守卫不慌不忙地拿出钥匙,松开眼镜,"第一次离开,尽量不要太失望,因为一切都变得这么的……不绿了。"

"谢谢你——我们会努力的!"蒂莉叫道,两人跑着穿过大门,发现那个人正在等着他们。

"西奥多?"米罗上气不接下气地说。

"叫我西奥吧。"那人用优雅的声音说道,"我猜,是炼金术士派你们来的吧?"

25
炼金术士

"炼金术士派我们来的?"蒂莉困惑地重复道。

"不是他?"西奥说着,后退了一步,"我得承认,看到他派了两个孩子来,还都不是他的女儿,我很吃惊。但你们是谁,为什么要跟着我?"

"我们……"蒂莉不知道该说什么,她完全不知道炼金术士是谁,不过很快就意识到了。她瞥了一眼米罗,发现他也明白过来了。

"就是霍拉旭一直在说的那个'他'!"米罗说道,蒂莉点点头。

"这么说,炼金术士是你的……"她开口道。

"我的……"西奥顿了一下,"我不知道你们怎么称呼他,我想他算是我的雇主吧,兼职。"

"他给了你东西带到这里来,是吧?"米罗问道。

"是的,他是给了,而且……"他瞪着他们,"你怎么知道?"

"有幸猜对了?"蒂莉说道。

"好吧,不管怎样,"西奥有些不耐烦,显然他更愿意谈论自己和自己的不幸,不太关注两个孩子也在这里做什么,"我帮他把东西带到这里，藏起来，守护它，直到它被需要的那一天。他应该会派人来接应我，这样我就能拿到酬劳了。"

"你自己回不了家吗？"蒂莉惊讶地问道，"你没带本书来，好让自己书行出去吗？你在这里待了多久了？"

"很多年了，"西奥说，"至少是奥兹时间的很多年，不过当然啦，在这里我并没有变老。"

"因为书魔法？"蒂莉问道，西奥又一次困惑地看着她。

"你……你根本不知道炼金术士是干什么的，对吧？"他说着，听起来更不安了，"但是，你们来这儿干什么呢？你们怎么知道我是谁？你们的那本书又在哪里？"看到米罗的书包，他的眼里闪现出绝望的光芒，"书在这里头？你必须把它给我。"

"等一下，"蒂莉拼命想该怎么安抚他，"我相信我们可以互相帮助。只要你告诉我们隐藏图书馆在哪里，那本毒药纲目在哪里，我们可以带你出去。"

"我为什么要告诉你们这些？"西奥哼了一声，"我都不知道你们是怎么知道这些事的，但显然你们跟我们不是一伙的。你们都不知道自己卷进了什么事情里。这是我免费给你们的忠告：滚出去，希望炼金术士还没有注意到你们在这里吧。"

"拿不到毒药纲目，我们是不会走的。"蒂莉说道，"所以，如果你希望我们帮你的话，你不妨也帮帮我们。否则，我们就把你留在这里等着炼金术士来接，如果他还会来的话。而我们会自己去找那东西。我们知道你去过肖像画廊，所以东西肯定在那儿。我们走吧，米罗！再见，西奥，祝你好运了！"

她转过身，仿佛就要回到城里去了，希望这个冒险会有回报。

"不，等等！别扔下我。"西奥说道，蒂莉松了一口气。

"好吧，告诉我们怎么进入那个图书馆。"蒂莉说道。

"我不跟小孩子谈判。"西奥轻蔑地说道。

"可这里没有别人可以跟你谈判了！"蒂莉沮丧地说，"而且我们是唯一能帮你出去的人！拜托了，我们需要那本纲目去救我外公。我们要把它带给植物学家，研究治疗方法。"

"哦，那你们是她派来的，是吗？"

"没人派我们来！"米罗说道，"显然发生了什么大事，但我们不想卷进去！我们只是想帮助自己的家人。"

"如果你们跟植物学家是一伙的，就不值得我冒生命危险去背叛炼金术士。"西奥说。

"为什么不行？"米罗问道。

"当然是因为他们俩是死对头。"西奥暴躁地抱着胳膊，"你们真是被蒙在鼓里啊，不是吗？可怜的孩子。帮你们从他那儿偷东西给她，我是个傻瓜吗？就像我刚才说的，我建议你们不要跟炼金术士扯上关系，不管他承诺了给你们什么。他没准已经知道你们在这儿了，这里发生的一切他都知道。这本书就是他的名片，他在这里拥有谁都不该有的力量。"

"他的名片？"蒂莉重复道。

"你懂的，就像记号或者符号。他用它来彰显自己的力量和他对书魔法的精通。"

"所以，如果我外公收到了一本有毒的《绿野仙踪》，你觉得会是炼金术士寄的吗？"蒂莉问道。

"很有可能。"西奥耸耸肩，"实际上，极有可能。而且，如果是的话，很不幸，没有炼金术士的帮助，他就没有治愈的希望。炼金术士在所有的毒药中都加入了书魔法。这不是简单地找些药，或者问植物学家要株植物的事情。只有炼金术士能治好被他亲自下毒的人。"

"但我们被告知……我们被一个人告知，"米罗说道，"只要我们把那本纲目拿给植物学家，她就能帮上忙。"

"你确定？"西奥得意地笑道。

"你还记得他具体是怎么说的吗？"蒂莉问道。

"他说把纲目带给植物学家。"米罗坚定地说。

"但他实际上并没有说植物学家有解药？"蒂莉指出。

"没有说这么多，没有，"米罗承认道，"但已经包含这意思了！"

"我完全不知道你叔叔在忙些什么。"蒂莉叹了口气。

"我的意思是，我能明白为什么这个人不自己把两个孩子送到炼金术士那里去。"西奥插嘴道，"他非常危险。你们两个可能是误打误撞，但现在已经卷进来了。一个成年人如果以前碰到过炼金术士，那是不会把你们往他所在的方向赶的。不管怎么样，你们提到的那个人错了，植物学家解不了那个毒。"

蒂莉感觉很不舒服。他们在进行某种被诅咒的寻宝活动——这甚至要比追踪炼金术士更糟糕。他们没有地图，也不知道要继续往哪儿前进。

但还没等他们想好下一步做什么,空中就充满了可怕的噪音,导致他们全都举起手捂住了耳朵。一团团黑影出现在空中,在一阵可怕的咯咯声中呼啸着向他们冲来。他们的鼻子里嗅到了一股腐肉般的气味。随着黑影越来越近,巨猴们的身影变得越来越清晰,每只猴子都有一对强韧宽大的翅膀,正以可怕的频率扇动着,离他们越来越近。

"是飞猴!"西奥颤抖着说道,"不知道这个时候坏女巫是派他们抓谁来了。"

"他们在追……我们?"米罗吓得结巴了。

"他们为什么要追我们?"西奥说道,"他们完全不知道我们是谁,谁戴着金帽子,他们就听谁的命令——那个人就是坏女巫。我真同情那个被她派猴子去抓的可怜虫。"

可是猴子们并没有飞过他们的头顶,往翡翠城里或者更远的地方去,而是放慢了速度,正好停在了他们三个面前。蒂莉害怕得直恶心,试图引起米罗的注意,这样她就能示意他把书准备好,以防万一他们需要快速离开。

"你们这些畜生想干什么?"西奥拼命让自己显得勇敢一些,但是声音里的一丝颤抖出卖了他。

一只比其他猴子大得多的猴子跳上前,破烂的翅膀掠过身后的黄砖。

"你们都叫什么名字?"这个飞猴领袖用低沉沙哑的嗓音问道。

"你们在找谁?"西奥说道,"我向你保证,一定不是我们。"

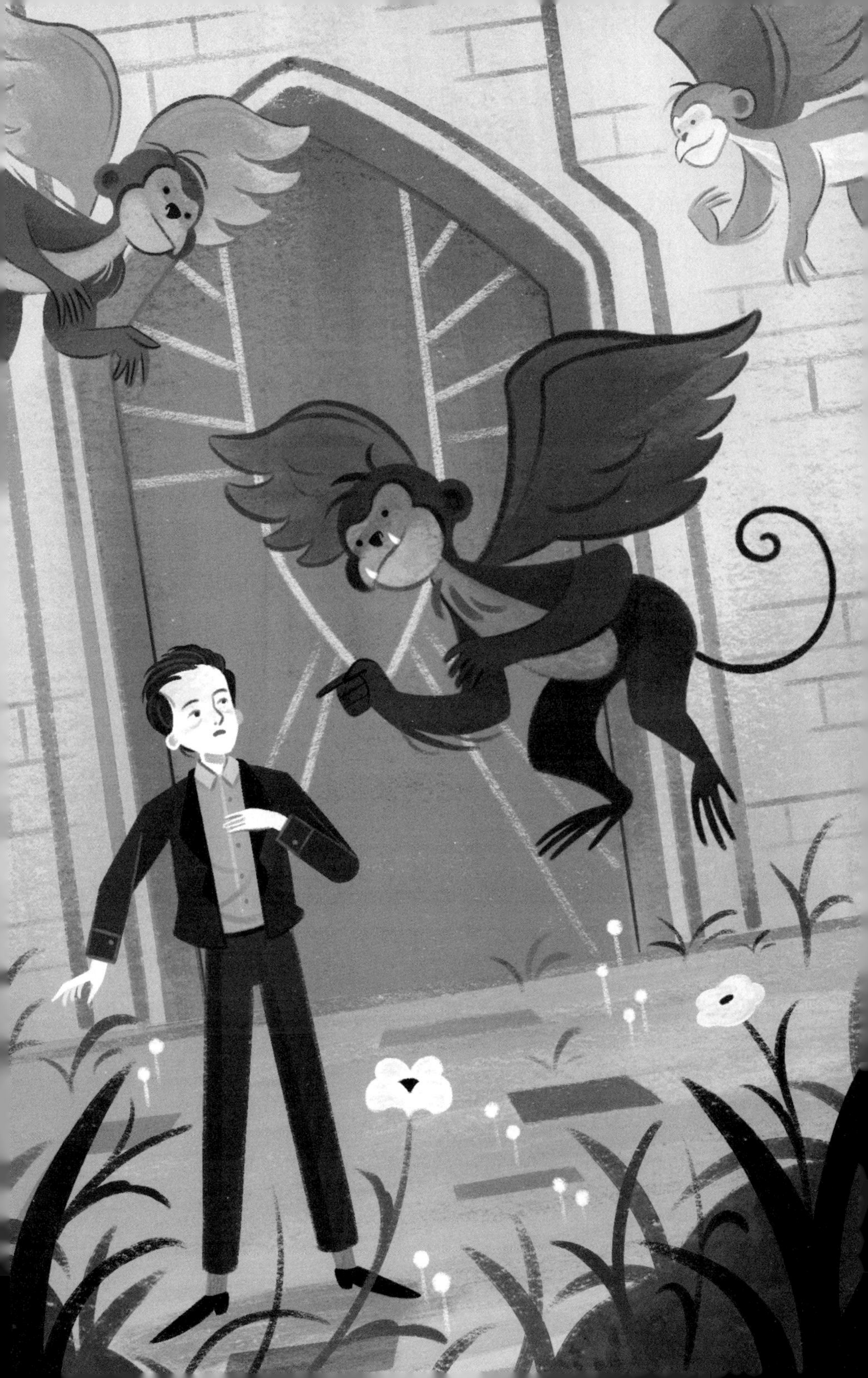

"你们都叫什么名字?"领头重复了一遍,又走近了一些,近得他们都能看清它蓬乱的毛发和锋利的黄牙。

"我叫西奥多·格兰特。"西奥边说边往城门的方向退去,"你们不是来找我的——我只是奥兹的一个游客。而且我是受炼金术士保护的。这两个……嘿,我甚至还不知道你们俩的名字。"他惊讶地说道,看着蒂莉和米罗。这两个人正在慢慢地靠近彼此。

"他们的名字不重要,"领头说道,"我们就是被派来抓西奥多·格兰特的。"

"不,一定是搞错了。"西奥说着向翡翠城紧锁的大门退去。

"没搞错。"领头说道,示意它的随从们。

"但是,坏女巫抓我干什么呢?"西奥惊恐地说道。

"坏女巫已经不是金帽子的主人了,"领头斜了一眼说道,"我们现在向另一个人汇报,还欠他三个请求。"

"不……"西奥惊恐地说道,终于明白了真相,"他不会的。"他开始拼命按那个按钮,按响翡翠城入口处的那个门铃,但是没有人来应门。

"我们应该试试去帮他吗?"米罗低声说道,但他们和西奥中间隔着一大群飞猴,即便有心,也没法抓住他,带他一起离开这本书。两只猴子把他拖离大门,分别抓着西奥的一只胳膊,扇动起巨大的翅膀,很快就把他拎到了空中,却对蒂莉和米罗毫无兴趣。

"他抛弃了我!"西奥在他们头顶上方绝望地喊道,"找到那幅画!找到他的符号!"

他不断地喊着，可蒂莉和米罗再也听不见他的话了。猴子们带着他飞远了，很快在蓝天下变成一个个黑色的小点点。

26
一个讨价还价的好工具

蒂莉和米罗惊恐地看着飞猴们在空中缩成小点点,接着彻底消失不见。

"你觉得他会没事吗?"蒂莉静静地问道。

"我觉得……不太可能没事。"米罗说道,看起来有点眩晕。

"如果是这个叫炼金术士的家伙此刻在操控这些猴子,那是不是意味着他人就在这里?"蒂莉说道,扭头瞥了一眼,仿佛就在他们说话这会儿他就会出现在黄砖路上。

"也许吧。"米罗说道,"不过,不管他人在哪里,他显然对这本书有着非常大的控制力。西奥说他没准已经知道我们来了,所以我们得加快速度,至少要赶紧离开这个空旷的地方。"

"你信他说的话吗?"蒂莉问道。

"关于哪部分?"

"关于我们想要解药,只能去找炼金术士?西奥似乎笃定所有有毒的《绿野仙踪》都是出自他的手笔,他才是唯一一个能给我们解药的人。"

"我看不出他有什么理由要撒谎,"米罗说道,"他给人的印象不像是个……战略家什么的。他并不太擅长谈判。可是,霍拉旭最后说的一件事就是我们得拿到那本纲目,交给植物学家,而那时他已经中毒了。"

"也许他弄错了呢?"

"也许吧,或者是因为炼金术士太危险了?"

"不过,明显这一切的关键都是那位炼金术士。"蒂莉说道,"他的所作所为已经引发了一系列的问题。还有,这个毒盒子里的东西显然很重要,所以我仍然认为我们得找到它。"

"我同意,"米罗点点头,"虽然我很希望不用找了,就从这里出去。但看来为了解药,我们得找到这个炼金术士,不管我们能在那个隐藏图书馆里找到什么,似乎都是一个用来讨价还价的好工具。我只是觉得……霍拉旭在告诉我该怎么做的时候,可能并没有为你外公的健康着想。而那才是最重要的事。"

"谢谢你。"蒂莉说道,"我摆脱不了这种感觉,总觉得霍拉旭要我们去找植物学家,是要把我们变成他的大计划中的一环。你是对的——要想唤醒霍拉旭和我外公,弄明白他们到底卷进了什么事中,唯一的办法就是找到这位炼金术士。"

"所以我们一会儿得去找到那个肖像画廊?"米罗说道。

"回翡翠城。"蒂莉同意道,两人朝大门走去。

见他们又回来了,城门守卫非常慌张。

"进去又出来,出来又进去!"他说道,"我就知道你们会回来的。翡翠城是全奥兹国最美丽的城市!让我来给你们把眼镜戴回去。"蒂莉和米罗不情愿地由着他把绿色的眼镜固定在头上,然后被催着穿过大门,来到翡翠城弯弯曲曲、闪闪发光的街道上。没过多久他们就来到了宫殿。他们进入外围的屋子,没有引起别人注意,屋子里仍然有很多穿着盛装的男人和女人转来转去,望着那扇通往巫师房间的门。

"请问,"蒂莉拍了拍一位盛装女士的胳膊,"你知道肖像画廊怎么走吗?"

"啊,知道,当然知道,孩子,它就在……"她顿了一下,看起来很困惑,"就在……呃,我猜就在上面的什么地方。"她含糊地指了指大厅的一头,就转身回到同伴那里去了。

"她说得好像自己也忘了。"米罗说道。

"我想是因为这本书上并没有描写过一个肖像画廊。"蒂莉说,"这个故事里没有,所以她很困惑。我觉得,书上没写的东西,或者没有描写得很仔细的东西,都有点含混。我们试试这个方向吧——总得从哪儿开始。"

两人沿着一段石头砌的螺旋台阶从大厅里往上爬了一层楼。他们穿过铺着绿色瓷砖的走廊,又爬了更多的石头台阶,穿过一个个充满回声、装饰着翡翠的房间,可是一幅画都没有看见。这些房间里也没有人,都是空荡荡的,没有家具,只有满眼的绿色和翡翠。

就在他们都要丧失希望,感觉除了一间又一间满是翡翠的房间外,什么也找不到了的时候,走廊突然向右拐了个大弯。他们进入的不再是一个平平淡淡、空空荡荡的空间,而是一个充满丰富细节的地方,跟他们离开那个大厅后看到的任何一个地方都不一样。房间里的家具齐备,铺着木地板,精致的绣花窗帘在彩色玻璃窗边垂挂着,那些窗户有着深浅不一的绿色。最重要的是,那里挂着油画——很多油画。

"我想这里就是肖像画廊没错了。"米罗盯着眼前这些油画说道。

"可我们怎么才能知道哪一幅才是对的呢?"蒂莉沮丧地说。

"西奥是怎么说的?"米罗问道,"'找到那幅油画'?'找到那个符号'?你觉得那是个什么符号?毒书里的那个?"

"对,怎么找到它又是另一项挑战。"蒂莉回答,"戴着这副傻透了的眼镜看东西真是个噩梦。"她使劲扯了扯眼镜,可它被牢牢地锁在脑后,紧紧地贴着,如果要使劲拽下来,只会把她的脸划伤。

"等一下。"米罗说着,在书包底部翻找着,他掏出叔叔的那串钥匙,快速地捋着,直到找出来一把不是钥匙的东西。它看起来像一把瑞士军刀,上面有各种细长的金属条。每一个金属条都有不同的精巧的弯度,还有的尾部是螺旋形的。跟蒂莉期待的传统开瓶器和小剪刀有点像,但又不完全一样。

"开锁器!"他得意地说道,"霍拉旭有各种各样的能帮他进入藏有书的地方的东西。我应该早一点想到,不过这眼镜也能帮我们混在人群中。转过去,我看看能不能做点什么。"

蒂莉转过身去，米罗扒拉着这些金属条工具，从中选了一个。他把工具插进锁眼里搅动的时候，蒂莉能感觉到后脑勺有压迫感。没有立刻成功，米罗继续一个个试着，直到突然间……"咔嗒"一声，蒂莉感觉架在耳朵上的眼镜松了下来。

"你成功了！"她说，"太神奇了！可我不知道自己能不能行。"

"你当然能行。"米罗说，"这下我们都知道是哪个工具开的了，那个守卫用的就是同一把钥匙。我来教你。"他把正确的那个工具给蒂莉，然后转过身去。他的个子比蒂莉要高，所以蒂莉得一边踮起脚尖，一边听他教该怎么找感觉。他描述着要找到的那种咔嗒的感觉，蒂莉很快就成功了，米罗的眼镜也松下来了。

"哦——"蒂莉喘着气说道。眼镜取下来了，突然间，哪一幅画不一样就变得非常明显了。他们看到画廊里的每一幅画都是用深浅不一的绿色画的——只有一幅除外。

蒂莉和米罗走近那幅巨大的油画，上面画着一个身穿蓝袍的老人，正跪在一个发光的绿色容器前，惊奇地凝视着它。画旁不像艺术画廊或者博物馆里那样，附有画的标题或者说明，但它无疑就是那幅了。

"好吧，现在怎么办？"米罗问道，"我们要找的是一整个隐藏图书馆，对吧？肯定就藏在这幅画后面。"他伸出手，想把这个沉重的画框从墙上取下来，但它被粘得牢牢的。

"我们还得找到西奥提过的那个符号。"蒂莉说着，仔细地盯着这幅画上的细节。米罗还在拨动画框。

"我只是觉得，"他说，"在书里或者其他东西里，密室总是隐藏在画的背面，不是吗？我们又不能像进入书里那样，进入一幅画中。"

两人都顿了一下。

"我们不能那样，是吧？"蒂莉说。

"对，"米罗含糊地说道，然后又更有说服力地说，"对，我们有点飘了……没有'画行'这回事。"

"对，当然没有了，对不起。"蒂莉说道，两人私下里决定不再提起这话。

"等一下，"米罗说着，继续检查着画框和墙壁，"我感觉找到了什么。"这幅画是用华丽的金色画框裱起来的，长方形的框边里是一些不断重复的水果、叶子和装饰性的花饰，但就在和蒂莉膝盖差不多高的地方，有一个圆圈与其余的装饰都不一样，一条弯折的线从圆圈中间穿过。

"那个符号！"米罗兴奋地说道，"这就是和毒书一起的那个——剪贴簿里也有！"

"你说得对！"蒂莉说道，又感觉到了一丝希望，"你瞧，这一切都是相互联系的——全都指向炼金术士，这一定就是他的符号。"

"但为什么我的剪贴簿里也有？"米罗问道，"又为什么要寄给你外公？"

"我不知道，但这就是为什么我们首先要找到他。否则，我们永远也得不到答案，也叫不醒他们。"

米罗凑近了仔细看，研究着那个圆圈。

"所以……我们该拿它怎么办？"她问道。

米罗没有回答。他试着抚摸、搓着这个符号，但是都没用。突然，不知道哪一下起了作用，整个圆圈弹了出来，比画框其余的地方凸出了 2.5 厘米。米罗抬头笑着看了蒂莉一眼，像扭动轮子那样扭了它一下。

"嘎吱"一声响，这幅画"咔嗒"一声打开了，露出一条镶着金框的暗道。

27
刺激和绝对的、压倒一切恐惧的有趣混合

通道消失在黑暗中。他们能看到它很快就变窄了一些，尽头毫无光亮。这让蒂莉想起了穿过卷尾环衬的经历，偶然要从那里书行进去的时候，她也就只会待上几秒钟而已，但那种迷失在那里的感觉非常吓人。

"我们应该留一个人在外面吗？"她静静地建议道，"以防这入口会在我们进去之后会关闭？"

"但只要我们能把自己读出去，或者回到故事里，我们就会没事的，对吧？"米罗指出。

"我想是吧，"蒂莉说道，"但是这里面真的很黑，而且……"她努力想说点别的什么，不想承认这让她多害怕。"我只是还在想那些飞猴。"她说道，听起来就不太可信。

"好吧，呃，我很肯定这里没有飞猴了。"米罗困惑地说道，"走吧，蒂莉，我们都走到这里了。我一直以为你很想找到解药，而且你

才是那个勇敢的人,我不是。如果你都做不到,我就更做不到了。"

"不是这样的,"蒂莉说道,"你跟我一样勇敢,我们俩只是勇敢的地方不一样而已。"她又想起了外公,想起了自己在佩吉斯书店里坐在外公身边读书的画面。"对,"她给自己打气,"我们继续走。"

两人爬进通道入口,沿着露出来的通道跌跌撞撞地往前走着。蒂莉走在前面。通道的高度并不够两人在里面站起来,他们只能蹲着或者匍匐着,沿着冰冷的石墙摸索前路。蒂莉一路都能听到米罗的书包磕在他屁股上的声音。里面几乎伸手不见五指,只有一丁点微弱的光从他们身后的走廊边漏进来,前方则一丝光亮都没有。他们慢慢地挪动着,小心地摸索着,先用手或者脚试探好了再前进。蒂莉读过太多的冒险书,写人们因为没注意看路而掉入陷阱门或者山洞里。

在半爬半挪了很长一段路后,蒂莉伸出手去,什么都没有摸到。

"这里有个断崖。"她扭过头对米罗说道,小心地摸索着四周。什么也没有——他们到了这段通道的尽头了。她缓缓地往前挪着,坐在崖边,脚悬在外面。四下里摸了一圈,她发现了一块石头。把石头从崖边扔下去,石头几乎马上就落到了地上,这让她顿时大松了一口气。

"我先把自己放下去,"她说,"我觉得底下就是地面,抓住我一只手。"她感觉米罗抓住了她的一只手腕,然后便轻轻地往下滑去,发现地面真的非常近。她紧张地哈哈笑了一下。

"这还不算是个断崖。"她说,"坐到边上来,你的脚差不多就能够到地。"她往回伸手,摸到了米罗的手,帮他找到崖边,也跳了下来。

"至少这下我们能站直了。"他说。

"是的,"蒂莉试探地说,"不过,如果我们什么也看不见,那即便找到了那个密室也没什么用。"

两人说话的时候,蒂莉听到他们声音的声调变得不一样了:走出通道后,他们说话有回声了。还有些情况也变得不一样了。

"你感觉到有风了吗?"她问。

"感觉到了,"米罗说道,"不过我主要的注意力,都用在拼命不去想这又冷又黑的地方会生活着什么虫子了。"

"你没说之前我都没想过!"蒂莉说道。

"哦,对不起,"米罗说道,"好吧,呃……就是尽量不要……去想。"

"我四处摸摸看。"蒂莉说着,为了他们俩,努力表现得勇敢一些,"你就待在出口附近,我摸着墙朝同一个方向移动,这样我们俩就不会走散,对吧?"

一阵沉默。

"米罗?"她喊道,越来越慌。

"哦,对不起,我刚点了一下头。"他的声音传来,"但你又看不见我,对不起。不过,如果你有把握,这听起来是个不错的计划。我就待在这儿,然后一直说话,这样不管发生什么,你都能找到回来的路。"

蒂莉把双手都放在冰冷的石墙上,开始非常缓慢地一寸一寸在周围移动。几乎马上她就发现这一边的墙上有个支出来的东西,也是用石头做的。

"这里好像有个架子。"她喊道。

"哦!你还在我旁边,不用喊。"米罗说。接着两人几乎同时笑了出来,黑暗似乎变得不那么令人无法忍受了。蒂莉摸索着,试图弄明白她摸着的是什么。

"好吧,上面放着什么东西,"蒂莉说道,"一个盒子?哦——"

"什么?"米罗着急地说,"什么东西?"

"等一下,"她回应道,摸索着她刚找到的东西,"我想我可以……得嘞!"随着一下划动和"呼"的一声,一道光闪过,借着一根细蜡烛的光,她又能看见米罗了。

"摸黑划燃那个,你可能会烫着自己的。"米罗说道,仍然待在通道旁边。

"我觉得冒这个险值得。"蒂莉说道,禁不住回想着现在所做的这些事情。她以前没有这么勇敢,也没有这么好奇,即便面对黑暗她还有些发抖。她开始感觉也许他们就快要弄明白发生了什么,怎么拯救外公和霍拉旭了。

"这真是有点……刺激,是不是?"米罗说道。

"以我的经验来看,冒险就是刺激和绝对的、压倒一切的恐惧的有趣混合。"蒂莉说道。

"我更习惯事情可怕的一面,"米罗承认道,"而且我都不知道自己有没有过正经的冒险经历。"

"你的整个人生就是一种冒险啊。"蒂莉说着,脑海里浮现出长词号的样子。

"不是有趣的那种。"米罗说道,这时蜡烛灭了。

"哦,麻烦。"蒂莉说着又去摸另一根,"好吧,得集中精神,看看还有没有别的东西能照明,那些火柴当然不是放在那里给咱们点着玩的。"她举起第二根火柴找着架子所在的地方。一条小小的石槽出现在眼前,从墙上凸出来,正好在装火柴的架子上方。

"里面好像有什么液体。"她说道,盯着它,试探着嗅了嗅,"你闻到了吗?不知怎么的,这气味有点熟悉,等一下……哦,他们不会这么做的吧。"

"他们不会做什么?"米罗紧张地问道。

"不会在一个满是纸张的房间里……"她说着举起点燃的火柴,扔进了那些液体里。

就在他们呆呆地望着的时候,一条细细的火焰嗖地穿过石槽,绕着房间的边缘烧成了一个大圆圈,照亮了他们所在的空间。

28
毒书

火光把一切都照得亮堂堂的,两人发现这个房间比他们想象的要大得多。墙壁上排列着一个个石头做的架子,架子上塞满了摞在一起的书和手稿,还有玻璃容器、望远镜和各种蒂莉叫不出名字的小玩意儿。蒂莉和米罗站在那里,惊得合不拢嘴巴。

"哇哦。"米罗喘着气说,"这可真厉害。"

"跟演电影似的,"蒂莉敬畏地说道,"不过,这地方全是纸张,究竟为什么要点火照明呢?"

"因为这样很酷啊。"米罗说道,仿佛这已经很明显了。

"可是没有空气,这火怎么能一直烧呢?"蒂莉一边问,一边绞尽脑汁回想着在学校里学过的关于火的知识,"燃烧需要热源、燃料和空气,是吧?所以,火柴就是热源,这槽里的东西就是燃料,可是没有空气呀——一会儿火就会灭了吧?"

"有风进来啊。"米罗提醒她,"不过我们也不知道这能烧多久。也许这就像个计时器,这点空气就够让火燃烧到把什么东西放进来,或者拿出去——并且阻止入侵者。"

"好吧,那我们快点。"蒂莉说,"可千万别再来人了。但在这地方到底该怎么找那个毒药?这里太大了。"

这个空间又大又满满当当,而且没有什么明显的秩序。纸张和书堆在一起,上面摞着些图表和看起来像科学设备的东西,乱七八糟的一堆又一堆,石头地板上还有更多堆。

"好吧,关于这个毒药纲目,我们都知道些什么?"蒂莉说道,"我甚至都不太清楚'纲目'的含义。我们只知道它能装毒药是吧?"

"霍拉旭曾说他也不太清楚这东西具体是什么,"米罗说,"我记得他说是一个盒子或者一本书,但我想应该不会很大。"

"好吧,没别的办法,只能开始找,希望它是个很明显的东西吧。"蒂莉说道,"我们俩从通道入口那里,沿着墙分头往不同的方向找,这样就能在中间会合。找到什么像是它的东西,就喊一声。"

两人开始有条不紊地在书架上翻查,不去管那些纸堆,只看盒子、小玩意儿和尺寸大一些的书。蒂莉翻着翻着,发现其中有大量的文件、信件和书都不是用英文写的。有些她能认出来可能是拉丁文,有些似乎是中文,还有一些字母她完全不认识。尽管任务很紧迫,还是很难不被这些古怪又精彩的书分散注意力。同时,她也会觉得很愤怒,这个炼金术士居然把这些书都囤在这里供自己使用。经过这次,即便他不是一个渴望权力的投毒者,蒂莉也不会对他有什么好感了。

突然一声痛呼和一阵撞击声打断了她对炼金术越来越强烈的仇恨。她扭头一看,一大堆文件在米罗脚边的地板上飘飞。

"哎哟。"他不好意思地叫道。

"怎么回事?"蒂莉问道。

"刚才我想把这本书挪开,看看后面有什么,结果没想到它这么沉,我一下子没站稳。"米罗说道,指着一本大大的用红宝石色皮革装订的旧书。他把书从书架上拿下来,看着封面。

"Libro……del……veleno,"他念出来,"不知道是什么意思。念起来像是拉丁文或者意大利文?我能肯定Libro是书的意思,但剩下这两个就不认识了。"

"我也是,"蒂莉说着走过来看,"封面上这是个……骷髅?真吓人。不知道这是本什么书。"

"不管是什么,还上了锁。"米罗说着拿给蒂莉看,两个大金属扣,把书扣在了一起。

"你再用一下开锁器试试,但我不确定我们是不是还有时间看——"

"这不是真的。"米罗打断她。

"什么?"

"这不是一本真正的书,这些都不是书页。"米罗摸着书缘,兴奋地说道,"看,这是木头,只是做得像书页。"他用手指沿着封面的侧边摸下去,找到了一个锁扣,咔嗒一声打开了盖子。封盖向外打开,露出二十个小小的木头抽屉,每个抽屉上都贴着一张纸签,上面的文字看起来更像是拉丁文。抽屉与抽屉之间的缝隙里用绳子固定着一些很小的玻璃瓶。封盖的里侧也画着一个骷髅,这些抽屉上面也画着一个个小小的头骨。

"我想这就是我们要找的毒药纲目,"蒂莉喘着气说,"小心点。我们还不知道这些都是什么东西。"米罗把这个木匣子正面朝上放着,好让这些抽屉也都朝上。

米罗很轻很轻地打开其中一个抽屉,里面装满了黑色的浆果干。他看了一眼标签。

"颠茄,"他念出来,"你听说过吗?"

蒂莉摇摇头。他们又轻轻地打开了其他几个抽屉,发现了更多的浆果,还有叶子、粉末和干花,都贴着听起来很"科学"的名字。一些瓶子是空的,但有一些装着不同颜色的液体,两人都不敢冒险打开它们。

"我们找到它了,"蒂莉又说了一遍,"真不敢相信。现在我们要做的就是弄明白要拿它怎么办。"

槽里的火开始噼啪作响,两人抬头一看,火焰弱下来了,有些暗了。

"我想是时候离开这里了。"米罗说道,"至少我们又多了一件解谜的东西和一个用来讨价还价的筹码。也许能用来跟炼金术士换解药?不管要做什么,我们都得赶在这火熄灭之前回到长词号上。"

米罗从书包里掏出《绿野仙踪》,翻到书的结尾,蒂莉则小心地把这本毒书关上锁好,抱在怀里。米罗挽上她的胳膊肘,找到最后一

句,把他们从书里读出去:

  哦,艾姆婶婶,真高兴我又回家了!

米罗卷

29

埃瓦莉娜的文学好奇心

米罗都不知道自己有哪一次回到长词号比这次更开心了。他闻到了熟悉的书魔法的气息和烟味。蒂莉把那个毒药匣子放到霍拉旭的书桌上。两人相对坐在桌子的两边,都轻舒了一口气。

"那么……"蒂莉开口了,但声音又弱了下去。

"那么,"米罗接着说道,"我们要上哪儿去找那个炼金术士?"

"这里一定有东西说了他在哪里,"蒂莉指着霍拉旭的书桌和书架说道,"我们能弄明白的。"

米罗顿了一下,他现在对叔叔的看法全乱了:霍拉旭救了他,没让他碰到那本书,还在书行进西奥的档案时把那个哨子给了他,可因为叔叔从来什么都不跟他说,现在已经太迟了,他已经很难再相信叔叔所说的话。叔叔显然卷进了什么危险的事情中,蒂莉的外公不知怎么也身陷其中。除了这件大事,还有一个事实就是,关于自己的家庭,还有那本剪贴簿,唯一可能给米罗答案的人,仍然只有霍拉旭。

"好吧,"米罗点点头,"我们来看看能不能找到关于炼金术士在哪儿的信息。如果找不到呢?"

"我猜我们就得把这些毒药带到植物学家那里。"蒂莉说道,"但是,如果炼金术士是所有事情的关键,不太可能找不到任何线索。霍拉旭要么认识他,要么就是很了解他。"

米罗从书包里掏出霍拉旭的那串钥匙,试了几把,终于把书桌的抽屉打开了。抽屉里有几本大账本,封面封底都贴着标签。

"乘客日志,客户查询和请求,客户信息,书签。"他大声念出来。

"感觉应该从客户信息查起。"蒂莉说道,伸出手要那个账本,"你……还想再翻翻你那本剪贴簿吗?毕竟里面也有炼金术士的标志——没准还能找到更多信息呢。"

书行进《绿野仙踪》里的时候,米罗大部分时间都在回避去想剪贴簿的事,但他知道蒂莉是对的。蒂莉正全神贯注地研究着那些账本,他很感激蒂莉给了自己一些私人空间。他努力稳住自己的呼吸,拿起了那本剪贴簿。这件事很重要,他也需要让自己变得有用,不光是为了自己,也是为了蒂莉和她的家人。

米罗想到了伯比,想着她在《铁路边的孩子们》里为了自己的兄弟姐妹而变得坚强,然后开始翻开剪贴簿。他找到了一些剪报,跟书行完全没有关系,而是评论"埃瓦莉娜的文学好奇心"——他的奶奶似乎曾经用长词号,为那些不是书行者的人创造了令人不安的现实事件和邂逅。根据米罗拢到一起的信息来判断,一定是聘请了演技很好的演员来扮演一些著名的虚构角色。

剪贴簿里还有一些霍拉旭和马特夫妇往来的信件,霍拉旭在信里询问一些米罗的生活细节——显然是定期的——还要求马特夫妇列出到家里做过客的人名单。还有一封折起来的信，写在厚厚的乳白色纸上，上面有一个已经被破坏了的蜡封。凑近一看，米罗感觉皮肤一阵刺痛，他看到蜡封上印着炼金术士的那个标志。

他掀开破损的蜡封，读了起来：

崔拉旭·博尔特先生（司机）

和杰罗尼莫·德拉·波塔（炼金术士）的协议

本协议规定，作为保存其性命的条件，在司机死亡或者退休后，兄长词汇号（那列火车）的所有权将根据以下条款，转交给炼金术士。

司机在此声明，他已没有任何在世的亲属可以继承这列火车，他可以自行将火车遗赠给炼金术士。

司机还同意，在符合炼金术士的要求之下，提供和检索手稿、图书和其他物品，但须支付合适的费用。在与炼金术士的要求和利益不产生冲突的情况下，司机可自行接受其他客户的佣金，并须每月上交上述佣金的记录。

司机的性命，全赖炼金术士的行为而保存，如有违反本协议，或违反上述条款中的任意一条，其性命将被收回。

签字：

杰罗尼莫·德拉·波塔　　　　　　　　崔拉旭·博尔特

30
安慰毯书

那页文件从米罗手中滑落,他的心怦怦直跳。他叔叔把长词号卖给了炼金术士?为了保全自己的性命?为什么这份合同里说霍拉旭已没有任何亲属在世?这是怎么回事?

蒂莉沮丧的声音打断了他纷乱的思绪。"我猜他还有个名字,一个合适的名字,"她说,"这里哪儿都没有提到一个炼金术士。"

"试试杰罗尼莫·德拉·波塔。"米罗静静地说道。

"嗯?"蒂莉问,"为什么?"

"看看吧。"米罗说。

四周一片寂静,只有蒂莉翻动书页的声音。

"找到了,"她说,"看起来他住在……威尼斯!哇,我一直都想去那儿。你怎么知道要查那个名字?"

他把合同递给蒂莉,看着她的脸色由好奇到困惑再到痛苦。

"这件事你不知情?"她问。

"当然不知情!"他说道,"直到西奥提起之前,我都没有听说过那个炼金术士!"他的呼吸急促起来,感觉都快喘不过气了,"我要一个人待会儿。"他说着从椅子上爬起来，跑出门去，爬上梯子，来到长词号的车顶。

米罗躺在车厢顶上，凝视着故事世界的天空。它是那么广阔，那么美丽，抬头望着它总能让他平静下来。他的呼吸慢慢平缓，任自己沉浸在这种宁静的感觉中。

"米罗？"一个轻柔的声音飘了上来，"你没事吧？我不用管你吗？"

"你也可以上来。"他回复蒂莉道，声音的大小刚好够她听到。蒂莉踩在梯子上往车顶爬去，一步步叮当作响。

"你想聊聊那份合同吗？"蒂莉说道。

"这会儿不想。"

"好的。"蒂莉说着挨着他躺了下来。

"真不可思议，不是吗？"安静地躺了一会儿后，米罗指着上方那一片黑暗说道。

"它很美，可是它太大了，"她回答，"你不觉得它让人难以承受吗？"

"从来没觉得，"他说。"它让我觉得自己是一个更大的故事的一部分。"

"我喜欢这个论调，"蒂莉说道，"用这种方式看它很好。看书的时候，我也有种这样的感觉——不是书行的那种，就是平常的看书。"

"你曾说那种事有时还会发生在你身上？"米罗问，"有时故事会从书里溢出来？"

"偶尔吧，"蒂莉承认道，"我们还不太清楚这是不是因为那么多的源本书都被解放出来，变成了普通的书，或者是别的什么原因。而且，我对它的发生更警觉了，一旦发现它开始了，我就会停止阅读。有时候它会让我怀念正常的阅读，你知道的，就是在知道自己是个书行者之前的那种阅读。"

"我从来没有过那种感觉，"米罗说道，"从我记事起，我就知道书行的事了，因为这就是我父母去世的原因。"

"他们死在了一本书里？"

"我猜是的。"米罗说道，"谁也不知道细节，或者至少谁也没给我讲过具体的情况。因为书行中遭遇的事情很难向学校或者社会工作者说清楚。当时我还太小，还不算一个正经的书行者，霍拉旭也不鼓励我书行，我就正常地读了很多书，但我一直都知道那些书页的后面潜藏着魔法。"

"我外公会说，不管你是不是个书行者，书页的后面都潜藏着魔法。"蒂莉说着吸了吸鼻子，用手粗鲁地抹了一下眼睛，"我很害怕会没法帮忙让他醒来。阿米莉亚最近一直在地下图书馆研究这个，可看起来只有一个人能帮上忙，那就是这件事的始作俑者。我真希望能听到外公的建议，问问他为什么会卷进这些事。"她伤感地轻笑了一声，"你知道我希望我们还能问谁吗？"

"谁？"米罗问道。

"安妮·雪莉。"蒂莉笑道，"你知道有些人有安慰毯子或者安抚玩具吗？《绿山墙的安妮》就是我的安慰毯书。我读了好多好多遍，

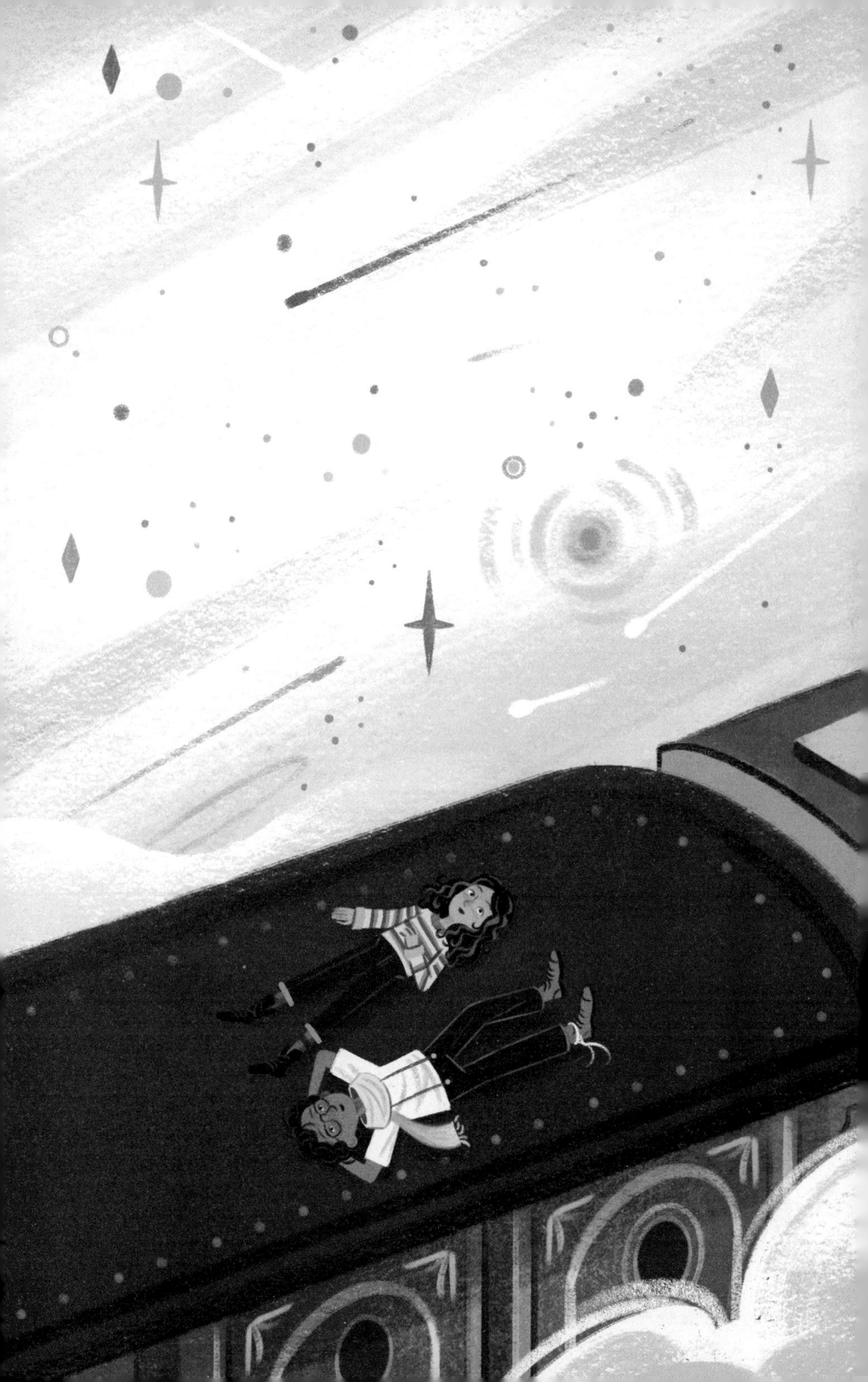

它总能让我感觉更勇敢。"

"我的书是《铁路边的孩子们》,"米罗说道,"我书行进去很多次。"他惊讶于自己与蒂莉分享这个竟然完全不会觉得难为情,"每次感觉害怕或者孤独的时候,我就会想伯比会怎么做。"

"安妮有时候会出现在家里——在佩吉斯书店。"蒂莉说道,"每当我需要她的时候,她就会出现。这里的角色会这么做吗?"

"不会,除非霍拉旭去接触他们。"米罗说道,"我猜是我们总是在到处走。我真希望铁路边的孩子们也能来我们这里——我打赌他们会喜欢长词号的。但你不觉得很难吗,安妮每次都会不记得你?"

"哦,"蒂莉有点尴尬地说道,"她还是记得我的。这都是因为我有一半虚构的血统。那些规则对我都不起作用,你知道的,就比如那些故事会从书里溢出来之类的。"

"哇。"米罗努力抑制内心陡然升起的嫉妒之情,要是他每次穿进去,伯比、彼得和菲莉丝都能记得他就好了。

"但我是个不正常的人,"蒂莉急忙说道,"你还是可以深入到《铁路边的孩子们》里去的,这是大多数读者只能梦里想想的事。"

"我想是的,"米罗说道,"有时候我会觉得……这听起来很傻,尤其是他们完全不知道我是谁,但我觉得他们就是我的兄弟姐妹,我太了解他们了。"

"这就是为什么所有的阅读在某种程度上是有

魔法的，外公……"她顿了一下，呼吸有点颤抖，继续说道，"外公总是说，我们读过的书，在帮助我们选择想成为什么样的人，是那些对我们有意义的角色成就了我们。"

"我想我们都是由故事构成的。"米罗说道，"这让我想起了档案馆里那些档案——他们以展示书的方式显示了自己是什么样的人。我很好奇霍拉旭在一本档案里书行的时候是个什么情形。我想象它是一个大图书馆，里面装满了我们读过的每一本书。"

"如果有人能看到我读过的所有书的大书单，那就好像在读我的日记一样，是不是？"蒂莉若有所思地说，"我觉得，看一个人读过什么书，能看出这个人的很多事情——看出他是什么样的人。我打赌炼金术士的安慰毯子是一个像……像特朗切布尔小姐或者……"

"或者白女巫！"米罗建议道。

他们不断地提出自己能想到的最邪恶、最可怕的角色，最后两人哈哈大笑起来，担忧的情绪一扫而空。

"我真高兴有你在这里。"米罗说道。

"我也是，"蒂莉说，"谢谢你帮我。"

"我们要去找他吗？"米罗说着坐起身来，感觉自己又变得勇敢了，"找那个炼金术士？我们去找解药吧。"

31
炼金术士

既然知道了炼金术士住在威尼斯，对于米罗来说，那些信息碎片又拼凑得更紧密了一些。霍拉旭带着长词号去过威尼斯几次，虽然米罗从未被允许下过火车。所以，尽管账本上没有详细的地址，米罗还是有信心能完美想象出他们总爱停泊的那条运河，这应该就足够让他们到达那里了。

这一次，旅途就平静多了。他们用书魔法给发动机加满了能量，长词号在故事世界墨黑的黄昏中平稳滑行，一个小时后减速，温柔地停了下来。米罗打开门，温暖的晚风携着咖啡的香气和哗哗的水声扑面而来。

火车挤在两条街道中间，街道两旁是高而纤薄的房子，有些房子的砖头摇摇欲坠，有些刷成了温暖的黄色和橘色。运河一边的岸上有一条狭窄的小路，另一边直接浸在水里。水里除了小路上挂着的灯的倒影外，一片漆黑。就在他们前方，有一条狭窄的石拱桥，从小路上架到另一边房子的夹道里。水里有几条彩色的小船，系在墙上的钩子上。

"你确定别人看不见我们吗?"蒂莉紧张地问道。

"人总是注意不到自己不想注意的东西。"米罗耸耸肩,"要想看见它,你得先想象得出。而大多数人甚至都想象不出一列火车……"他往外瞥了一眼,确认道,"停泊在一条运河上的画面。"

"我们在一条运河上。"蒂莉不安地说道。

"对。"米罗为长词号的精妙而感到骄傲,"我是说我们不是漂在河上——我们只是在它上面的空间里,所以是不会沉没的。"

两人往外望去,虽然米罗努力在蒂莉面前显出自信的样子,但是他以前从来没有负责过停泊长词号,很担心里头有什么隐藏的装置或者什么霍拉旭一直藏着不见人的东西。他拿起一本《绿野仙踪》和一张炼金术士的名片,还有一个笔记本和一支笔,打开了车门。

小路上空无一人,空气中有一股寒意,米罗意识到自己并不知道现在是几点钟了。考虑到他们是在午夜时分离开佩吉斯书店的,现在要么很晚,要么很早。他四下里望了望,周围静悄悄的,没什么动静,只有从城里某个地方传来的狂欢的回声打破了寂静。他正要挥手示意蒂莉往前走,突然看见街对面有什么东西:一张苍白的脸正直直地盯着他。

"你看见了吗?"他抓住蒂莉的胳膊问道。

"哦!什么?"她说着探出头去。

"那张脸——我觉得是个女孩。"他指着刚才看到那张脸的地方说道,但它已经消失在黑暗中。

"你知道从这儿往哪儿走吗？"蒂莉问道，两人跳下长词号，走到了小路上。

"不太清楚。"米罗承认道。这一切都让他感觉很熟悉——这绝对是他们每次来威尼斯霍拉旭从长词号下去的地方，但是米罗以前从没有冒险到街上去过，他真希望自己注意过叔叔是从哪个方向消失的。他拍了拍哨子，确保它还好好地待在套头衫下面，然后仔细地锁好车厢门，把那串钥匙放在书包里。和蒂莉在长词号车顶时感觉到的那种自信很快消失了，因为他们深夜置身于一个陌生的城市，在一片陌生的街道之中。

"那个，如果你是那种邪恶的炼金术士，你会住在哪儿呢？"蒂莉问道，抬头凝望着这些高高的楼房。

米罗也望了一圈，极度希望有什么东西能触发自己的某种记忆，能够为他们指引正确的方向，但他什么也没想起来。

"好吧，呃，我们就继续走吧。"蒂莉说道，"找到那个符号或者任何跟《绿野仙踪》有关的东西。但是我们不能迷路——我们就离长词号近一点，别拐太多弯。或者我们可以一直往左拐。"

"嗯？"

"在迷宫里不就是该这样走吗？"蒂莉说道，"一直往左拐。"

"听起来不太对吧。"米罗说道，"一点都不对。我们边走边画地图，我带了记事本。"

"好吧,"蒂莉说道,"但是在迷宫里真的是那么走的,我在什么地方读到过。"

他们随机挑了一条小巷,米罗在地图上标注了一下小巷的名字,一个字母一个字母地抄着上面的意大利文,以确保准确。他们一路走着,米罗一边画路线,一边写名字。这里显然不是什么旅游景点,他们没有经过多少开放的地方,除了街边那个古怪的小酒馆,里面的声音飘到街道上,他们听出人人都在讲意大利语。米罗开始不抱希望能找到什么了,包括可能也找不到回长词号的路,这时他们路过了一家书店。这么晚了,书店虽然已经关门,但是里面还亮着灯。

"我们要不要问问他们知不知道?"蒂莉建议道,"书商也很可能是书行者,可能会有主意。"

"即使都这么晚了吗?"米罗不太想打扰别人。

"可灯还亮着,他们还没睡呢——我觉得值得试试。"蒂莉说着,朝书店走去。他们看到一个中年妇女正端着一个冒着热气的马克杯喝着,在一盏散发温暖光芒的灯下看书。蒂莉轻轻地敲了敲窗户,那个女人吓了一跳。

"Siamo chiusi(意大利语:关门了。)"她摇着头喊道。见他们一脸茫然,她站起身来,走到门口。"关门了,很晚了。"她用英语说道,随即意识到他们是两个孩子,"你们需要帮助吗?"

"是的,"米罗说,"拜托你。"

"发生什么事了?"她担心地问道,"需要我打电话报警吗?"

"哦,不用,不是那样的。"蒂莉插嘴道,"我们很好,只是在找一个人。"

"找你们的爸爸妈妈?"女人说道,"这么晚了,你们在外面干什么?外面不安全!"

"我们也没意识到这么晚了,很抱歉。"米罗说道。

"可我们真的需要帮助,"蒂莉说道,"是跟书有关的事。"

"跟书魔法有关。"米罗说。

"啊,你们是……"女人顿了一下,在想那个词,"你们是图书馆管理员吗……我不知道用英语怎么说那个词。"

"我们是书行者,"米罗说道,"你也是吗?"

"对。"女人说道,但这似乎并没有让她放下心来,"你们在找谁?"

米罗打开书包,拿出那张印着炼金术士符号的卡片,把它递给女人。女人的脸一下子就白了,往后退了一步。

"炼金术士。"她低声说道,"你们怎么会有这个?"

"我们得找到他。"米罗说道。

"他是个危险人物,"女人说道,"大人都不去找他,你们还是孩子。我没法帮你们,抱歉。"

说着她就要把门甩上。

32

水上的毒药

"等一下!"米罗慌得把脚往前一挡,砰的一下被关上的门夹住了。"哎哟!"他叫道,"电影里演的看起来没这么疼啊。"

"我真的很抱歉,"女人皱着眉说,"可是……"

"求你了。"米罗绝望地打断她的话。

"炼金术士,"蒂莉补充道,"他手上有东西能救我外公,还有米罗的叔叔。"

"他们……生病了?"

"是中毒了。"米罗说道。

女人看起来甚至没有太惊讶。"你们相信只有他才有办法救他们?"

两人点点头。女人看起来很不安,不确定要不要帮他们。但她没再试图把他们关在门外。

"他住17号。"她终于叹了口气,"离这儿两条街。找数字和那个符号,有个牌子,但是用意大利语写的。你们有东西让我写下来吗?"

米罗把那张他匆忙画了地图在上面的纸递给她,她笑了。她又给画了几条线,并在那个地方标了个星号,并在旁边写着"Cicuta sull'acqua①"。

"这是什么意思?"蒂莉问。

"我不知道用英语怎么说,不过cicuta是一种有毒的植物,sull'acqua 的意思是'在水上',我猜就跟我们在威尼斯是一样的。"

"所以是……水上的毒药。"米罗紧张地说道。女人点点头,退回到书店里,指了指他们该去的方向。

"祝你们好运。"她说着,关上门,并上了锁。

米罗和蒂莉焦虑地你看看我,我看看你。

"好吧,好消息是我们知道该往哪儿走了。"蒂莉说道。

"我猜,人们有那样的反应,我们也不应该觉得奇怪。"米罗紧张地咽了下口水,"我们都知道他很危险,而且毕竟现在还是午夜。"

那个书商画的地图很容易对应上现实,走了几分钟他们就发现,自己来到了一条比来的那条街更宽更大的街上。米罗意识到他一直预想的是一个更黑更可怕的地方,那才更适合一个给别人下毒、让书商从心底感到害怕的人。实际上,这条街明显很富裕,窗户里整齐地摆放着篮子和灯笼。一切看起来都很体面。

米罗和蒂莉沿着空荡荡的街道走着,直到走到了17号。这座房子跟其他的房子一样整洁、气派。黄铜的"17号"数字标记在墙上,墙被刷成了深深的赤土色。几个阳台上装饰着花朵,木门上

---

① 译者注:水铁杉,也叫毒芹,是一种剧毒植物。

方挂着一盏温暖的黄色灯笼。一个很容易认的牌子上写着"Cicuta sull'acqua"。它不是很引人注意,也不显眼。米罗想,这个名字可能对路人来说毫无意义,如果这里真的就是正确的地方,那真是很容易从不知道自己在找什么的人眼皮底下溜过。

门的一边是门牌号,另一边有一个拴着拉绳的铃铛。米罗和蒂莉交换了一个眼神,伸手去拉了一下。他们听到铃声在屋子里回响,尽管已经很晚了,但只过了一会儿,门就"嘎吱"一声打开了。又一次出乎他们的意料,门后没有黑暗的走廊、奇怪的味道和景象,而是一个灯火通明的门厅,散发着温暖的气息和一种甜蜜浓郁的味道。一个白头发的男人,穿着整洁的黑色西装,扶着打开的门,向两人点了点头,什么也没说。

"我们是来见炼金术士的。"米罗说道,努力让自己的声音听起来自信一些。

男人再次点头,退后几步让他们进屋,随后关上了那扇沉重的门。

进入大厅后,那股甜蜜的气味更重了。大厅很豪华,非常舒适。米罗和蒂莉放任温暖的感觉进入四肢百骸,这才意识到他们一路走来全身有多冷。厅里有高高的天花板,刷成了一种漂亮的蓝绿色。墙上挂着穿有不同历史时期服装的男人和女人的画像。有些看起来很老了,有些更现代一些。厅的一边有一个宽阔的楼梯,另一边则是一个拱门。老人默默地把他们领进拱门。

两人一言不发地跟在他的身后,脚步声先是在闪闪发光的木地板上回响,接着被吸入厚厚的地毯中。拱门通往另一个装饰华丽的房间,墙上有更多的画像,地上铺着毛绒地毯,火在一个大壁炉里呼呼地燃烧。他们看到了一个男人的轮廓,他正坐在一张沙发上,盯着火焰。等他们进入房间,他缓缓地转过身来,微笑着。

"我猜,是博尔特先生和佩吉斯女士吧,"他的英语很标准,带着浓重的意大利口音,"欢迎来到威尼斯。来,坐。你们并没有按照我预想的方式到来,不过看到你们我还是很高兴。"

33
总能让人浮想联翩

米罗原本以为会是一个看起来明显很……呃，很邪恶的人。很难判断火边这个人年纪有多大。他有一头灰发，一把整齐的灰色的胡子，但没有皱纹，皮肤黝黑，举止敏捷得像一个很年轻的人。他穿得讲究但不招摇：一件看起来很贵的酒红色羊毛套头衫，里面是一件干练的白衬衫，灰色的裤子，裤子前面的折痕立挺，脚上是一双闪亮的黑皮鞋。看见他们在仔细看他，他哈哈地笑了。

"你们以为会看到什么，一个穿着戏服的大反派吗？"他说道，米罗的脸红了。"我的斗篷在特殊的场合才会用。好了，托马索，给我们拿些五香饼干和咖啡来吧。你们喝咖啡吗？"他并没有等他们回答便继续说道，"过来，坐在这儿。"米罗和蒂莉顿了一下，这么热情的欢迎让他们感到迷惑。"我说过来，坐在这儿。"炼金术士又坚定地重复了一遍，"你们大老远跑来，不是为了在门口盯着我看的吧？"

他这话说得没错。米罗和蒂莉走到火边，靠近这令人愉悦的温暖，在男人对面的沙发上坐下。男人对着他们摊开双手。

"所以，"他开口道，"你们来了，你们俩。"

"你就是那个炼金术士?"米罗问道。

"没错,"男人回答,"我确实还有一个更加传统的名字,不过我很享受这样一个绰号所带来的威严和声望,总能让人浮想联翩。"

"那你研究炼金术吗?"蒂莉说道,"这名字是这么来的吗?"

"好问题。"他回答,"没错,我对炼金术有很全面的研究。不过我很好奇你们俩对这方面有什么了解。"

"它跟贤者之石有关?"蒂莉说道。

"我还以为跟点石成金有关呢。"米罗补充道。

"你们俩说得都没错。"男人说道,"在我之前,许多学炼金术的学生都是奔着这些东西去的。他们研究构成我们这个世界的元素,以及掌握了这些元素可以怎样带来进步。他们试图把一些基本的元素变成珍贵的元素,用以保存和延长人类的寿命。可有一种元素长时间困扰着他们——那是一种叫以太的东西,或者叫菁华,有时甚至被称为第五元素。柏拉图管它叫最为透明的一种空气,古希腊人认为它是神所呼吸的最基本的东西。如今,它已不再是代表有或者无的一个词了。但事实并非如此:它是构成我们这个世界的基础。它确实是充斥在空气和宇宙中的物质,光可以从它中间穿过,这也是光进入它的方式。我所有的工作都是基于此开展的。我想知道,你们俩谁知道我最擅长什么吗?"

"想象。"米罗低声说道。

"一点不错,"炼金术士笑道,"在你叔叔给的权限之外,你还留心了挺多的啊。说到那位绅士,他没跟你一起来?"

米罗一愣,这位炼金术士似乎知道很多,但还不知道霍拉旭出了什么事。

"他病了,"米罗试探地说道,"因为……"他停住话头,不想泄露这为数不多炼金术士似乎还不知道的事情。

"因为那本有毒的书,"蒂莉激动地说道,显然并不在乎,"你寄来的那本。我们正是来找解药的,我想知道你为什么要把他寄给我外公,他跟这一切有什么关系?"

"关系很小,玛蒂尔达,"炼金术士说道,"我对他没有恶意。"

"可你给他下了毒。"蒂莉不可置信地说道。

"确实是这样,"炼金术士说道,"暂时的。"

就在这时,叫托马索的那个老人回来了,放下了一个托盘,上面摆了三个装着浓咖啡的小杯子,还有一个堆满精致饼干的瓷盘。咖啡和饼干都闻起来很香,但米罗知道从一个道德值得怀疑的炼金术士的厨房里出来的东西,吃或喝都是不明智的。他看到蒂莉也抵制住了相似的诱惑,拒绝了那个盘子。

炼金术士平静地端起一杯咖啡,优雅地啜了一口。他给人一种绝不会被热饮烫到舌头的感觉。

"你还没告诉我们为什么要给我外公下毒,"蒂莉说道,"别指望几块饼干就能转移我们的注意力。"

"我只能说很抱歉,"炼金术士插进来说,"那不是我的本意。只是,你们靠自己走了这么远,现在又很晚了,你们肯定也很累很饿了,是不是?假如你们的交通工具也安置妥了,我建议我们先吃一顿深夜晚餐,再进一步讨论。你们说呢?"

米罗看到蒂莉的脸上闪过恐慌,他知道她在考虑自己的家人,在想等他们醒来发现她不见了,该有多担心。他不确定如果他再也不能从威尼斯回去了,是否会有人注意到自己。反正也没人醒着。

"你有电话能借我用一下吗?"蒂莉问道。

"你想联络谁?"炼金术士回应道。

"我得跟外婆和妈妈报个平安,"她说,"很明显。"她又低声补充道。炼金术士示意托马索,托马索拿来一个小小的记事本和一支优雅的钢笔。

"在这儿给他们写个口信吧,托马索会确保他们收到的。"

蒂莉看起来不太相信,不过还是照做了,米罗想知道她写了什么。

"我还得跟他们打个电话说一下。"她执拗地说道。

"很好,"炼金术士说道,"可现在很晚了,也许我们该先吃点东西再说?如果你们——"他顿了一下,扭头看向拱门那里,"阿莱西娅!"他厉声喊道,"是你吗?"

拐角那里冒出来一张苍白的脸——米罗猛然意识到,这就是他们刚到的时候窥视他们的那张脸。

34
一种原则

女孩往前走,来到了房间里的灯光下。她有一头很直的金发,穿着海军蓝的丝绸睡衣,外面套着一件织锦晨袍,脚上穿着一双天鹅绒材质的鞋。

"你以为自己在干什么?"炼金术士用英语冷冷地说道,女孩用意大利语回了一大段。"别这么没礼貌——在客人面前要说英语。"炼金术士补充道。

"我什么也没做啊。"她用一口纯正的英语说道,意大利口音远没有炼金术士那么明显,"我只是要去厨房。"

"别对我撒谎,"炼金术士说道,"没叫你来吃晚餐。回床上去,别再偷听。想喝水让托马索给你端。"

女孩耸耸肩,没再说什么。等炼金术士一转身,电光火石间她冲米罗眨了眨眼,疾步走出了房间。

"我替我女儿道歉,"炼金术士没有多做解释,"现在，跟我来吧。"他优雅地站起身，指了指走廊。米罗努力忽视心中那种羊入虎口的感觉，毕竟除了同意也没别的办法。他们被带到一个很长的房间，房间中央放着一张黑色的木餐桌，不知为什么已经准备好了三个人的餐具。炼金术士替米罗和蒂莉拉开椅子后，才在桌子的首位坐下。

"这里怎么早就布置好了？"蒂莉问道。

"我的作息时间不太正常，"炼金术士答道，"不要担心我是为了你们才到这个时间还没有睡的。我的年纪比看上去要老，已经不需要那么多睡眠了。"

一个穿着黑裙子、系着白围裙的女人静静地在炼金术士面前放了一杯红酒，给米罗和蒂莉的面前放了两杯水。

"我向你们保证，所有的食物和饮料都是很安全的。"炼金术士说道，"我看见你们不动那些饼干和咖啡了。我对跟你们俩见面很感兴趣，不会把你们带到这里来，就为了用一块饼干把你们毒死的。"

"我们不是你带来的，"蒂莉说道，"我们自己送上门来的。"

"前面我也说过了，你们并没有按照我预想的方式到来，不过——我很抱歉让你们失望了——是我要你们俩来的。寄给你外公的那本书，与其说是份礼物，不如说是一份邀请。"

"我不太明白。"蒂莉说道。

"虽然我对你外公没有任何恶意，玛蒂尔达，我确实需要你有一个理由到这里来，跟霍拉旭一起来，我原以为他是我实施这个计划的得力助手。"

"这件事我叔叔也参与了?"米罗说道,努力想把一切都弄明白。

"当然了。"炼金术士说道,说得就像在给他们解释一个配方一样轻松,"他以为自己知道了很多,其实并没有那么多。不过他知道我需要你,也知道我计划把你弄来这里。我觉得用更传统的方式邀请你,你不太可能会答应,于是我就制造了一个动机。你外公会生病,霍拉旭会驾驶那列奇妙的火车去你的家里,并说他能治,交换条件是你要陪着他一起来。"炼金术士转向米罗,"他会被严格要求不能离开她半步,所以我很困惑,为什么她现在在这里,而他却不在。"

"可我叔叔本来要蒂莉去……"米罗顿住了。霍拉旭想让蒂莉去帮植物学家取那本毒药纲目,而不是要把她带到这里来。他听到叔叔的声音在脑海里响起,告诉他这里可不止一个故事在上演。他突然难以置信地意识到,在霍拉旭签的那份合同上,写着已没有一个家人能继承长词号,但炼金术士似乎已经知道了他的名字和身份。

与此同时,蒂莉正瞪着炼金术士。

"所以,这是一个陷阱?"她说道,脸白得没了血色。

"你这么描述就太粗鲁了,"炼金术士说,"但是,对,严格来说,你说得也没错。"

"那你有解药吗?"米罗问道。炼金术士很难交流,米罗总是把握不了谈话的方向。炼金术士一直在引导他们,甚至在米罗意识到自己说漏嘴之前就能知道自己想要的东西。他们的焦点得是解药。

"当然有。"炼金术士说着又朝托马索点了点头,"只要玛蒂尔达同意我的提议,我保证会把解药及时送去伦敦,给她的外公。别担心,他目前还没有危险。而且,听着,我还会从我的酒窖里挑一瓶漂亮的酒,给阿奇博尔德·佩吉斯送去,作为我给他带来不便的歉意。啊,来了……"

托马索捧着一个小小的雕花木箱回来了,他把它放在桌上,挨着炼金术士的盘子。

"你们瞧,"炼金术士说着打开箱子,"解药。"他拿出一个小小的玻璃瓶,里面装着深紫色的液体。"那本书里的毒药是我本人的一个创作——比你们想象的要复杂多了,唯一能消除它的影响的方法就是服一剂这个。只需要最后一种配料来把它激活,我保证你外公能收到,玛蒂尔达。"

"那最后一种配料是什么?"蒂莉立刻问道。

"你要是不问,我还会失望呢。"炼金术士笑道,"但我当然不能告诉你。我只能说,那东西是我所有实验和药剂的基础元素,它能给它们能量,而且最为关键的是,正是这个东西给了这些药以特殊性。你们知道这个就够了。"

"那你想让蒂莉拿什么来换?"米罗紧张地问。

"别急,"炼金术士说道,"看,先吃。"

米罗一动不动地坐着,试图梳理他们已经获得的信息——显然他的叔叔背叛了蒂莉,给她外公下毒,这样他就能以解药为诱,把她弄来交给炼金术士。假如霍拉旭没有碰触到那本书,他们会是在来这儿的路上,还是在去找植物学家的路上?他叔叔到底是怎么欠下了这个人的债？可事实是，叔叔在只剩下最后一点时间的时候，选择叫米罗和蒂莉去取那个毒药盒子。如果霍拉旭没有被毒晕，他会救蒂莉吗？米罗有一种可怕的感觉，觉得他们来这儿就是一个错误，正中炼金术士的下怀。就在他一遍遍想着这些的时候，托马索和那个女人端来了一盘又一盘的食物。

"È capesante alla griglia, crema di zucca e finferli." 他用意大利语骄傲地说道。

米罗和蒂莉一脸茫然地瞪着他。

"烤扇贝配南瓜奶油和鸡油菌。"炼金术士翻译道，看到他们更茫然了。他叹了口气，指着一个食材。"扇贝，"他指着那碟橙色的酱汁，"南瓜做的酱汁。"指着那些蔬菜，"蘑菇。"

米罗不想吃，比起担心中毒，更多是出于一种原则。可这些食物香得不可思议，他又很饿很饿了。蒂莉在桌子对面冲他耸耸肩，拿起了叉子。米罗提醒自己，一旦需要快速离开，他手里有长词号的钥匙。而且空腹对胃不好，他非常有说服力地告诉自己。

他试探地叉起一叉子，这些东西吃起来比闻起来还要美味。

"所以，你想从我这里得到什么？"蒂莉边吃边问道，"有什么事那么重要，重要到你为了让我来，不惜给我外公下毒？"

"相信我，玛蒂尔达，这事真的很重要。"炼金术士说道，"我能理解你很在意外公的健康，你还很年轻，但是相信我，我说他没有危险就是没有危险，只要你按我说的去做。我在找一本书。"

"你付钱给我叔叔不就是为了这个？"米罗插嘴道，"给你找书？

我看过那份合同,你知道的。你不用装。"

"好,好。"炼金术士打断了他,"快了,别急。我们先从玛蒂尔达说起,再谈亲爱的霍拉旭。"

米罗尝试推动这个话题,但是炼金术士拥有一切权力,而且他们还得弄明白他需要蒂莉做什么来换取解药。尽管有些不情愿,但他们只能边吃边听。

"有一本书,"炼金术士接着说道,"叫作《万书之书》,非常古老,我非常想读。我需要你的帮助,玛蒂尔达,我需要你去把它取回来。"

"我听都没听说过,"蒂莉说道,"也不知道它在哪儿。"

"我知道啊,"炼金术士说道,"我相信我知道。我把你带到这儿来,不是让你去找它的下落,而是让你把它取回来给我。"

"你为什么不自己去取?"米罗问道,"你都知道它在哪儿了。"

"因为那是一本有魔法的书。"炼金术士答道,"具有非常特殊的属性。而且它受到各种方式的保护,包括限制了谁才能找到和打开它。"

面对米罗的惊讶,蒂莉认命地叹了口气,说道:"既然你对我的家庭了解得这么清楚,我猜,这跟我半虚构的身世有关。"

"相当有关系,"炼金术士说道,"我很高兴看到……你觉得自己有这种力量并不是一种不便。"他没有笑,"我有理由相信你,也许也只有你,才有能力取回那本书。你会明白我为什么要采取这样极端的方式的。"

"不，实际上我并不明白你为什么要这么做，"蒂莉说道，那生气的样子让米罗都有点怕她，"这只是一本书！不值得拿一个人的命去冒险！"

"它可不只是一本书，我可以向你保证。"炼金术士说道，他的魅力毫不受损，"啊，让我们暂停一下，好让托马索和玛利亚给我们撤一下盘子。"那两个人默默地把盘子收走，又上了更多的食物。

"Triglie scottate, vongole, carciofi e purée di sedano rapa."炼金术士用意大利语说道，接着又翻译了一遍，"或者说红鲻鱼配蛤蜊、洋蓟和块根芹泥。又或者说鱼和更多的海鲜，还有你们肯定知道的洋蓟。"和这么两个味蕾没被开发过的人一起吃饭，他看起来多少有些痛苦。

"现在，"他接着说道，"鉴于我希望我们能签署一份最有好处的协议，玛蒂尔达，我很乐意跟你多分享一点信息。那不是一本书，那是'那本书'，《万书之书》。它里面藏着书行的秘密和书魔法本身的秘密，能回答为什么有些读者能书行，有些人不能。它会告诉我们，我们是从哪里来的。想象一下我们可以用这些知识来做些什么！想象一下我们能达成什么样的成就！"

"如果我要问的这个问题太蠢了，我先道歉。"米罗说道，感觉自己落后了蒂莉和炼金术士几步，"了解书行为什么会存在是件很有趣的事，这个我能理解。但是，你到底想用这些信息做什么呢？为什么这会是一件了不得的事？只是些信息而已。"

"考虑到你叔叔是谁，我很惊讶你竟然不能更好地理解信息的价值,"炼金术士说道,"尤其是那些别人没办法接触到的信息。我是一群被精心挑选的书行者中的一员,书行者收集这样的信息,为了让所有人过得更好。我们致力于理解想象力的复杂性和力量,谁不想了解这些事情的全部呢?可能性是……嗯,它们是无穷的,是永恒的。"

"这本书到底在哪儿?"蒂莉说道。

"在我的一个对手藏书家手里。"炼金术士的眼神冷了下来,几乎抑制不住自己的愤怒,"正是那位植物学家。"

35
我明白你看见那行小字了

米罗忍不住微微抽了口气,马上又不自然地改做一副打哈欠的样子。

"真令人伤心,我并不惊讶你知道我对手的名字,米罗,"炼金术士说道,"因为我知道你叔叔在为她工作,尽管在我们的协议条款之下,这是明令禁止的。"

"你们的协议,"米罗静静地说,"他把长词号许给你了。"

"喏,米罗,在严厉批判我之前,有件事你要理解,直到最近,我才知道了你的存在。你叔叔对我们俩都隐瞒了很多事情,精心编织了一箩筐的谎话。我向你保证,在起草这份合同的时候,我真的不知道他还有什么家人,能在他退休之后继承那列漂亮的火车。很明显,你已经看过那份合同了,这样的话,你应该也看到了,我救过他的命,为了报恩,他答应把长词号给我。这里面并没有什么险恶的阴谋。在霍拉旭担任司机之后,我也只是在简单地保证我对这样一件非常欣赏的东西的所有权。现在看来,这份协议岌岌可危,因为长词号的部分魔力就是,它是自动通过家族代代相传的,而霍拉旭是确实有继承人的，就是你。这跟他在合同里写的保证是直接矛盾的，我也不赞成毁约——我基本上不杀人。"

最后一句炼金术士是笑着说的，对比那些随意取人性命的人来说，仿佛这么说就能证明他是个好人。

米罗对着他眨了眨眼。

"不管怎样，"那人继续说道，"这就是一份相当简洁明了的协议，所以我很惊讶，也想不明白霍拉旭为什么要违约，要对我隐瞒你的存在，尤其，还是我把他从那场夺去你父母性命的可怕事故中救了出来的——那绝对是个悲剧。"

"什么？"米罗喘息着，叉子当啷地碰到了盘子上。

"太可怜了，"炼金术士一脸怜悯地看着米罗，"显然，你叔叔瞒着你的事情比我先前想象的要多得多。很遗憾这件事要由我来告诉你，米罗。你的父母死于一场可怕的、原本完全可以避免的事故，你叔叔也卷入其中。怎么，看来你对长词号也知之甚少，并不知道在霍拉旭掌管之前，车上都发生了什么。"

"我知道一些事。"米罗不服气地说道，想起了他在那本剪贴簿里找到的海报，"我知道我的奶奶叫埃瓦莉娜，她以前是司机。她把长词号当作……一种游乐场来经营。"

"真令我惊讶，霍拉旭竟然告诉了你那么多，毕竟莉娜落了个那么不体面的下场。"炼金术士说道，"毕竟是她策划并导致了那场事故。她把大家都送去了《绿野仙踪》里，去试乘巫师的热气球，因为她有个主意，想把乘坐热球当作她的一个嘉年华游乐项目——如果你要问我的话,这样使用书行的能力实在太没品了。"

"我们才没问。"米罗听到蒂莉低声嘟囔了一句。

"不管怎样,她都把你们全都送去了那里,根本没考虑你们的安全,而且——"

"等一下,"米罗说,"我也在场吗?"

"哦,对啊,我刚才没提过吗?我又惊呆了,你叔叔告诉你的事真少。好吧,你是个博览群书的孩子——我相信你知道那个巫师就是个骗子,他的热气球根本没什么飞行能力。幸运的是,我恰好经过,可以帮忙;不幸的是,那对于你的父母来说已经太晚了,但我至少帮上了霍拉旭。"

"在他把长词号许给了你之后。"米罗说。

"哦,没那么可怕。"炼金术士说道,"你觉得我是那种见死不救的人吗?当然不是。当时我们所处的情况的确很危急,但我们俩这份合同的条款,是由两个知道自己在做什么的商人协商出来的。"

"那米罗呢?"蒂莉问道,"我记得你之前说了,你甚至是直到最近才知道他的存在的,可你刚才又说你知道他也在热气球里。"

"我向你保证,这些我也是在你们之前不久才知道的……自从我在坠毁现场找到他,他就一直藏着你没让我发现。"炼金术士解释道,"我也不知道为什么,显然他一直在努力蒙蔽我。或者也可能是那一片混乱中,他把幼小的侄子抛到了脑后。在我们协商协议的时候,他肯定是觉得不适合提起这件事。但是,正如我们刚才谈到的,霍拉旭一直严重低估了我获取信息的渠道,不久前我就注意到了你的存在,知道你和你叔叔生活在火车上。可不管怎样,你会很乐意让我替你照顾长词号的,是不是,米罗?如果你能签个同意书之类的,我相信长词号关于继承的魔法就会被打破。"

"什么?"米罗震惊地说道,"不,当然不行!它不是你的。"

"恐怕你叔叔的合同上不是这么说的。"炼金术士说道,伸出双手,仿佛很遗憾这件事有这样的转折,"那我们就陷入僵局了。"

"合同上说的是他去世了或者退休了,没说他被下毒了会怎样。"米罗指出。

"我明白你看见那张小字了。"炼金术士说道,"真仔细,你是对的,我们并没有考虑过这种特殊情况。"

"所以……你不是要故意毒害霍拉旭的?"蒂莉说道。

"不是,我的计划中没有这一步。"炼金术士坦白道,"听到他遭遇了这样的事,我还很好奇。实际上,霍拉旭试图……不管他试图达到什么样的目的,显然都失败了……也改变了整个计划。我想说即使脱轨了,路线改变了,但是碰巧我们都还在该在的地方。霍拉旭没理由从你外公那里把那本书拿回来——我认为他没有任何理由这么做——而且他很清楚那本书是有毒的,要怪只能怪他自己去拿了,还去摸。我都想问他几个问题,为什么要选择去取回那本书了。"他顿了一下,仔细地看了看米罗和蒂莉,"但也许目前就是最好的结果。对于我们来说,最重要的事是关注每个人最终都还处在正确的位置。"

"你的意思是,每个人最终都处在对于你来说正确的位置。"蒂莉说道。

"没错,我就是这个意思,"炼金术士说道,"我比你们的眼界要宽得多,一环扣着一环。"

"我们不是什么环,"蒂莉说着,"我们是人。"

"那还是很可能两者都是的。"炼金术士说道,"我们都过着各自的生活,相信自己在描绘自己的道路。但是,总有更多的事情在发生。我们都是宇宙中的小点点,是一张大拼图中的碎片,我这么说并不是要侮辱谁。还有什么荣誉比成为一个更大的故事中的一部分更大呢,一个在你死后仍有意义的故事?你们现在就有机会成为历史的一部分。"

炼金术士把一切都摊牌了,可米罗不安地发现自己太困了,都无法集中注意力了。他不停地强迫自己去回想炼金术士说的关于他父母的话,可是这感觉就像在泥浆里跋涉。天太晚了,他想,他们又吃了太多东西。他看到蒂莉也没能忍住一个哈欠。

"喏,瞧瞧你们都累成什么样了。"炼金术士笑着说道,"我想明天再谈这些也来得及,你们说是不是?玛利亚,你能带他们去各自的房间吗?"

米罗想反对,但他的眼睛都快睁不开了。他唯一能做的就是忍住不要把脑袋搁在餐桌上,不能就那样在原地睡着了。

他都快跟不上玛利亚上楼的脚步了,蒂莉的状态也差不多。很明显,在过去的几个小时里,他们被折腾得够呛。玛利亚指着一扇门让他进去,然后领蒂莉沿着走廊走到远一些的一间房里。房间很大,非常豪华,铺着厚厚的奶油色地毯,窗户上垂着重重的红宝石天鹅绒窗帘。房间的中央是一架巨大的四柱床,新铺了白色的床单。床上放着一套崭新的丝质睡衣,可是米罗太累了,根本就没考虑换衣服。他设法踢掉了靴子,把书包摘下来,放在床边,就一头倒在柔软的枕头上,瞬间进入了梦乡。

36
谋杀起来也相当随意

"不！"米罗抗议道，他感觉只过了几分钟就有人在摇他，"我要睡觉，求你让我睡觉。"

"你得起来了，"一个声音急切地说道，"你已经睡了好几个小时了，我有话要跟你说。"

"蒂莉，不要，我们再睡一小会儿——现在还是晚上呢。"米罗说着，眼睛都没睁开，"就再睡五分钟，求你了。"

"太阳都快升起来了，"那声音又说道，"而且我也不是蒂莉。"

"什么？"米罗说道，筋疲力尽的他感觉脑子很糊涂。他勉强支起身，当他看到摇醒他的是一个陌生人时，肾上腺素迅速涌上全身。他使劲瞪大眼睛，意识到这个人就是之前那个女孩，炼金术士的女儿。

"是你。"米罗说。

"没错，是我。"女孩说，"不过你要是一直你啊你啊地叫，很快就会搞糊涂的，所以最好还是叫我阿莱西娅吧。"

"你来我房间干什么？"米罗迷迷糊糊地说道。

"我有话要跟你和蒂莉说,非常非常重要的话,如果你们俩还觉得活着是件很重要的事的话。"

"什么?"米罗又说了一句,挣扎着集中注意力,感觉脑子里像灌了铅,"对不起,我起不来,过去这几个小时太紧张了,你确定我不能再多睡一小会儿吗?"他试图再躺回去,可阿莱西娅狠狠地掐了一下他的手。"嗷!"米罗说道,"你也太粗鲁了!"

"我是想帮你!"阿莱西娅坚持道,"你起不来是因为我爸爸在你们的晚餐里下了厚朴①,也许甚至还放了一滴颠茄制剂,这取决于他想让你们昏睡多久,可能还在你的枕头上喷了薰衣草,或者他自制的一种香水。"

"他给我们下药了?"米罗惊恐地说道。

"对,"阿莱西娅说道,"这像他干得出来的事,他还想要权力,想掌控一切。谋杀起来也相当随意。他还有几个嗜好,没一样好的。现在,快点!起来,不然我就一直掐你,掐到你站起来为止。"

米罗强迫自己坐起来,保持清醒,这种感觉真恐怖,他的身体和大脑都在告诉他,他唯一想做的就是睡觉。"也许新鲜空气会有用?"他说着掀开羽绒被。

"哈。"阿莱西娅说着走到窗户边,拉开窗帘,露出了窗外那些阻挡窗户被打开的细长而结实的窗栅。天色还是灰蒙蒙的,光线仍旧很弱。

"几点了?"米罗说着,够到自己的靴子,穿上。

---

① 编者注:厚朴,一种药材,有助于睡眠。

"早上6点左右，"阿莱西娅说道，"所以你原本还能睡几个小时，但我们只能趁这个时候离开。我爸爸只会在凌晨休息几个小时，然后就几乎不会再睡觉。"

"你刚才说的是'我们'要离开？"米罗说道。

"对，我也一起走。"阿莱西娅说道，并没有进一步解释。米罗这才注意到她穿着一件夹克，背着一个很大的背包。

看到自己的书包还在床边，他松了口气。可是书包拎起来的时候感觉过于轻了，更令人担心的是没听到钥匙的"哐啷"声。

"哦，不。"他说着，跪下去把书包里的东西都倒在了地毯上。

掉出来的只有他的笔记本、钢笔和那张印有炼金术士标志的名片。

那本《绿野仙踪》不见了，长词号的那串钥匙也不见了。

37

时机不好

一阵恐慌袭上心头,米罗一把抓住自己的脖子,检查哨子是不是还在。他的手指攥住了链子,松了一口气,整个人躺倒在床上。谢天谢地,炼金术士没有发现哨子的存在,也没发现米罗把它藏在了哪里。

"他偷了你的东西?"阿莱西娅皱眉问道,"拿别人的东西,这也是他能干出来的事。"

"对,"米罗说道,担忧和疲累让他倍感虚弱,"钥匙被偷了。虽然我还有这哨子,没有它谁都没法驾驶长词号,但是没有钥匙我们也上不去车。也许可以打碎一扇窗户。"他虚弱地说道,"可长词号上所有的东西都得拿那些钥匙打开:霍拉旭的文件,藏着珍本书籍的车厢,邮箱。我猜其中有些也可以打碎……"

"没关系——我知道钥匙会被放在哪儿。"阿莱西娅平静地说道,脸上的表情就像要在脑海中攻克一道特别复杂的数学题,"我本来没打算经过书房,但要是能快点把蒂莉弄醒,我们还能有点时间。其他东西你都准备好了吗?"

米罗点点头，顿了一下，抓起掉在地上的那套华丽的丝绸睡衣，塞进了书包里。阿莱西娅忍住笑，走过去慢慢地打开门，示意米罗跟上。他醒着的时间越长，炼金术士在他身上用的那些植物或者毒药对他的影响就越弱。两人溜出了房间，沿着走廊走到蒂莉睡觉的那间房。蒂莉正在打呼，米罗轻轻地把她摇醒的时候，感觉有点不好意思。

"他把长词号的钥匙偷走了。"米罗急切地小声说道，"阿莱西娅要帮我们去找回来，然后我们就得走了。"

"嗯？"蒂莉迷迷糊糊地说，"不，我不认识你。"

"蒂莉，我是米罗！你得起来了！我们得走了！"

"可是……可是……我外公怎么办？"蒂莉说着，揉着眼睛清醒了一些，"还没拿到解药，我们不能走。"

"别担心——解药在掌握中。"阿莱西娅说道，"还有，如果你想留在这里，你应该知道我爸爸会杀了米罗。"

"什么？！"米罗尖叫道，都忘了要保持安静。阿莱西娅赶紧用手捂住他的嘴。

"对不起，这时机不好，"她说，"但是我觉得了解其中的利害关系也有好处。我相信他已经是非常客气地请你去把他痴迷的那本书取回来，但你带着书回来之前，他是不会把解药寄给你外公的——如果他真的会寄的话。我能帮你治好你外公，我发誓。我们需要的东西，我都已经偷来了。"她把手从米罗的嘴上挪开。

"他为什么想杀我？！"米罗立刻说道，一会儿觉得害怕，一会儿又觉得太荒谬了，居然有人想杀他。对此，他不知道自己想哭还是想歇斯底里地笑。

"当然是因为他想要你那辆火车，"阿莱西娅说道，"他觉得这火车就是他的，因为直到几个月前他都根本不知道你的存在！你叔叔以为我父亲只是想让他把蒂莉送来，但我父亲想要的是你们两个。想骗他是没有用的，你只有跑，然后躲起来。现在，求你们了，如果不马上走，我们就走不了了。等安全了，我们再谈其他。"

米罗看看蒂莉，蒂莉耸耸肩——他们还有什么选择？炼金术士比他表面看起来的还要坏，这并不难让人相信。坏太多了，米罗想。蒂莉显然也是没换衣服就睡了，她连靴子都没能脱掉，于是她睡眼惺忪地从床上翻下来，散着一头的乱发。她伸了个懒腰，晃晃脑袋，坚定地对他们点了点头，虽然眼睛还有点睁不开。

"我们走。"她说。

"我们要很轻很轻，"阿莱西娅说道，"我父亲睡着了，玛利亚也是，但是托马索可能会起得很早，要在我父亲醒来之前把一切都准备好。别说话了，跟着我。"

三个人蹑手蹑脚地走下楼梯，地毯吸收了他们的脚步声，直到他们来到了铺着木地板的门厅。米罗试着小心翼翼地踮着脚尖走了几步，但在一片寂静中，每一下嘎吱声和敲打声都似乎在可怕地回荡。阿莱西娅领着他们走过那个有火炉的房间，回到了房子的更深处。在走廊的尽头，一道螺旋形的楼梯紧紧地向上盘旋。阿莱西娅开始沿着那金属的台阶往上爬，沉默而优雅。米罗和蒂莉跟在她身后，每弄出一声叮当的声音都能让她皱起眉头。

在楼梯的顶端,有一个小小的平台和一扇门。阿莱西娅从口袋里掏出一串钥匙,扭头对米罗和蒂莉咧嘴一笑。

"我愿意去想自己并没有继承父亲的太多品质,"她低声说道,"但耳濡目染,我可能也养成了一两个不好的习惯。"

她轻轻地把一把黄铜钥匙捅进锁里,拧开了门,露出一个长长的房间,房间的天花板是倾斜的。里面很大,堆满了东西:一张巨大的木书桌、一块写满了符号和方程式的黑板、一架对着窗外的金色望远镜,尽头还有一块看起来像是小型科学实验室的地方。

那里有闪闪发光的金属桌子、各种型号的玻璃烧杯和容器、罐子、天知道里头装了什么的瓶子。到处都是一堆一堆的书。但整个房间最引人注意的东西,是四面墙上铺满了一幅世界地图,上面分布着成千上万个正在闪着光的光点。大多数的光点都是暖白色的,有些是蓝色的,还有很少数是翡翠绿的。

"这里真像地下图书馆里的地图室。"蒂莉喘息着说。

"那是什么?"米罗和阿莱西娅异口同声地问道。

"是大英地下图书馆里的一个阅览室,在伦敦——我想所有的图书馆都有吧——墙上挂满了像这样的地图,上面也有这样的光点。那些光点代表的是全世界所有的书店和图书馆。"蒂莉解释道,"这些光点也是吗?"

"差不多吧。"阿莱西娅说着轻轻地关上了门,锁好,"不过我父亲的地图追踪的是他最喜欢的书《绿野仙踪》的所有副本。我不知道他是怎么做到的,但这里的每个光点都代表一本《绿野仙踪》。可能并不是全部都有——我觉得不可能——但确实有很多。他研究想象力和书魔法——他跟你们说过吗?他比谁都擅长追踪。这些蓝色的光点就是那些正在被人阅读的书,被任何人;绿色的光点就是有人在里面书行的书。他就是这样知道那场事故的,米罗。"

"我是最后一个听到这些的人?"米罗说道,几乎要生气了。

"我很抱歉,我也不是应该知道的。"阿莱西娅说道,"但迄今为止,我生活的主要目的就是监视我的父亲,尽可能多地掌握他所知道的事情。他不肯教我任何有用的东西,于是我就偷听、偷东西,我还配了他的钥匙,偷溜进这里,读书,试图弄明白是怎么回事。关于你的父母,我很抱歉。"

"谢谢你。"米罗静静地说道,接着抬起头来,"那是不是意味着,关于他和我叔叔的那份协议,你也了解更多的情况?"

阿莱西娅看上去有点不自在。

"是稍微知道得多一点。"她坦白道,"不过我们能不能先找钥匙,等到安全离开这儿再谈这个?我保证我一定知无不言,但我们不能在这儿被抓住。"

米罗点头表示同意。

"那么,我们这是在顶楼吗?"蒂莉问道,抬头看着贴满闪光地图的那个斜坡。

"是的,"阿莱西娅答道,"这个房间横跨整栋房子,正在顶楼。这给人溜进溜出增加了难度,但我想这就是它的目的。现在,我们找钥匙吧,然后离开这里。"

"你怎么知道钥匙在这里?"蒂莉问道。

"因为这就是他存放重要东西的地方,"阿莱西娅说道,"关于这个房间,他不相信任何人。托马索、玛利亚和我——谁都不允许进来。所以,一旦有什么对他很有价值的东西,就会被放在这里。那串钥匙是他刚拿的,所以很有希望就在这里某个显眼的地方。米罗,你去看看他的书桌。蒂莉,你去后面的书架上看看。其他地方都我来。"

三人分头行动,米罗朝那张巨大的书桌走去,第一眼就看见了一堆厚厚的带有那个圆形符号的名片。一堆一堆的文件封面上写着很小的字,米罗看不懂,可能是意大利语,还有些符号他就更不知道是什么了。有几本书摊开着,有的是用英文写的,米罗看见了两个炼金术士在楼下提到过的词:以太和菁华。

就在那里,有一个木头盒子放在最上面,正是炼金术士在饭桌上给他们看过的那个:里面有一剂解药。米罗打开来查看,那个装着紫色液体的小玻璃瓶还静静地躺在里面。

米罗想都没想就把它拿了起来,把整个盒子都塞进了书包,然后把注意力转向书桌的抽屉。除了一个抽屉拉不动外,其他的都没有上锁。米罗快速抽开那些没上锁的,就在一个浅浅的抽屉里,在一堆用一根丝带绑着的信件上面,放着那串钥匙。

"我找到了!"米罗用敢发出的最大的声音喊道,阿莱西娅立刻走了过来。

"太棒了,"她低声说道,"我们走。"

可就在阿莱西娅示意蒂莉过来和他们一起走的时候,突然传来了一阵不容错辨的当当的脚步声,有人正顺着螺旋楼梯快速上楼。

阿莱西娅所有的信心都瞬间蒸发了。

"他知道我们在这儿了。"她说道,瞪大的眼睛里满是惊慌。

"还有别的门吗？"米罗说道，这时他们听到了一声喊叫。

"我知道你们三个在里面，"一声低吼传来，"跟我作对，你们一定会后悔的。"

"他就快到了。"阿莱西娅吓得浑身都僵了，"我们该怎么办？"

"我怎么知道！"蒂莉喊道，"我还以为你有计划！"

"我的计划就是在他醒来之前进来，然后离开这儿！"阿莱西娅说道。

米罗努力集中精神。没有别的门，就像阿莱西娅说的，于是他跑向一扇落地窗，看到每一扇落地窗外都有一个小阳台。他透过窗户往外看，能看到房子的后面就是一条狭窄的运河，河对岸正是那条小路。

"我们跳下去。"他冲两个女孩喊道，"你们会游泳吗？"

"什么？！"蒂莉惊恐地说，"不能跳！我们会摔断脖子的！"

"我们没别的选择了。"米罗说道。快逃，在那个人破门进入办公室之前，逃离这个已对他抱有杀意的男人，这个想法压过了其他一切考虑。

阿莱西娅白着一张脸，沉默地点了点头。她试了试窗户上华丽的金把手，可窗户也上锁了。在米罗还没意识到她要干什么之前，她把手缩进袖子里，邦邦地砸着玻璃。一大片玻璃碎片像雨点一样落在他们身上，米罗举起双臂捂住脸，护着自己的眼睛。

"天哪，"蒂莉惊奇地盯着阿莱西娅。三人钻过破碎的窗户，爬到了那个小小的阳台上。他们在三层楼之上，周围是冰冷的空气，脚下是浑浊的水流。他们听到了门在摇晃,一把钥匙被捅进了锁孔里。

"就是现在,不然就永远走不了了。"米罗说着,爬上了阳台栏杆的边缘,把两条腿甩了过去。

"好吧。"蒂莉说着和阿莱西娅走到他身边。

"一,二……"阿莱西娅用意大利语数着,但就在这时门被撞开了,他们瞥见炼金术士冲进了房间。还没等她数到三,三个人就跳进了下面的运河。

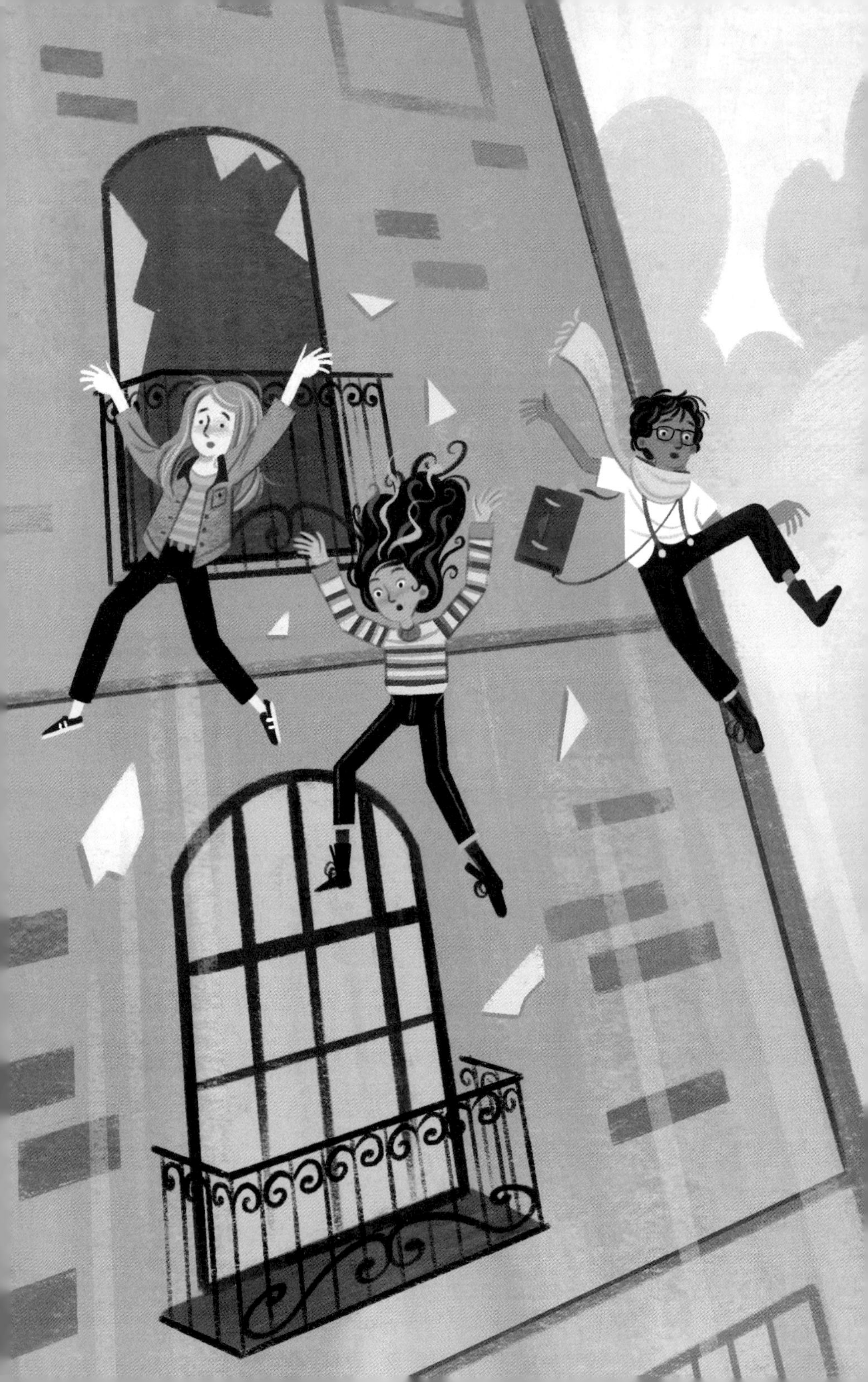

38
有个邪恶大天才父亲，生活并不容易

米罗掉下去的时候，冰冷的河水像固体一样击打在他身上，有那么可怕的几秒把他的呼吸都夺走了。谢天谢地，水够深触不到底，米罗很快浮出水面，仰头瞪着上方炼金术士暴怒的脸。在那恐怖的一瞬间，米罗以为他就要跳下来追他们了，好在他并没有，而是转身消失了。

接着当他想到书包里的解药时，又一阵恐慌袭上心头。他奋力扑向运河远远的岸边，也就是小路所在的地方，先把书包抛上去，希望没有造成太大的破坏。他把自己撑上去，走上小路，环顾四周，看到蒂莉和阿莱西娅正在附近沉浮。

"我们得出去，到长词号上去！"蒂莉大喊着游向他，"他会追上来的。"

米罗帮着蒂莉和阿莱西娅爬上岸，他们四下里看看，拼命想弄清楚方位。"我们往哪儿去？"米罗说着从包里掏出那张已浸得湿漉漉的纸，那是他们的地图。

"我知道，"阿莱西娅说道，"你们刚到这儿的时候，我看见了。

这边，快点。"

米罗和蒂莉跟在阿莱西娅后面，一身的湿衣服很重，还咯吱响。她冲过几条狭窄的巷子，走过一座小桥，直到拐过了一个米罗认识的拐角。再拐过一个街角就看到了长词号——米罗从来没有这么高兴地看到一列火车飘浮在运河之上。

"它还在那儿。"他松了口气，摸索着钥匙。他们快速登上了长词号，米罗用湿漉漉、颤巍巍的手指打开了办公室车厢的门锁。三人跳了进去，蒂莉关上了门。离开威尼斯之前，他们都没有时间停顿。米罗从湿透的套头衫下面拽出那个哨子，努力集中注意力。哨子泡了运河水，味道很不好，可他没有理会，专注地想着要去的地方，然后闭上眼睛，吹响了哨子。

长词号在他们周围伸着懒腰醒过来，开始轰隆作响。

"我们得赶紧给它加满魔法，"米罗说道，"不过现有的魔法应该还够我们离开这里。"

三人走到窗边，最后看见的景象是炼金术士从拐角处现身，眼看着他们消失。威尼斯在朦胧柔和的旭日光线中活跃起来。

※

刚刚安全地离开威尼斯，三人就瘫倒在地板上，湿漉漉又如释重负地倒作一堆。

"哦！我的天哪。"蒂莉说着，挤出头发里浸透的运河水，"真是千钧一发。"

阿莱西娅看起来就要吐了。

"好吧，各方面看来，情况已经算很好了。"米罗说道。蒂莉冲他扬起一边眉毛。

"一个是我们都还活着，尽管全身湿透；一个是阿莱西娅逃出来了；还有，我们比刚到这儿的时候了解了更多的信息，再加上……"他从书包里掏出那个盒子，"我偷了这个。"

"米罗！你太牛了！"蒂莉说道，"但是……只有一剂。"

"没事，我已经决定了这个给你外公用。"米罗说道。蒂莉想争论，可他摇了摇头。"我知道阿莱西娅说过她还有更多，但我们不能冒这个险。你外公沉睡得更久，跟这一切也毫无关系——炼金术士只是在利用他接近你。我也很想让霍拉旭最终醒过来，但是我们需要确保你外公在霍拉旭重新掌权之前醒过来。另外，他在一定程度上是参与了这些事的，而你外公并没有——所以这样才是对的，才是公平的。我已经决定了。"

"哦，米罗，"蒂莉说道，"谢谢你。"她冲过车厢，张开双臂抱住了他。身上湿漉漉的，两人散发的味道都很难闻，可这仍然是米罗得到过的最好的拥抱。

"你们忘了一件事。"阿莱西娅静静地说，"我父亲没告诉过你们吗？这剂解药还缺最后一个配料才能激活。"

米罗还真忘了。"可你知道这个配料是什么，对吧？"米罗说道。

"差不多吧。"阿莱西娅说。

"我记得你说什么都知道！"

"我没说过！"阿莱西娅抗议道，"我只是说我拥有我们需要的东西——我有配方！配方上列了我们都需要什么，所以别生我的气，我在努力帮忙。"

"那你确实知道那个配料是什么？"

"知道，也不知道。"

"什么？！"米罗说道。

"听我解释！"阿莱西娅说道，声音都破碎了，"求你了！"

"对不起，"米罗说道，"我们只是想帮阿奇，我们也需要从霍拉旭那里知道答案。"

"我明白。"阿莱西娅说道，"对不起，只是……我几乎从没有出过那个房子，那里太恐怖了，我正在调整自己。你知道，有个邪恶的超级天才父亲，生活并不容易。"

"我信。"蒂莉说道，"所以……最后那个配料是？"

"我知道是什么，可是我不知道到底是什么意思。"阿莱西娅说道，"那个毒药是为每个人单独定制的，我父亲一直在谈论特殊性，所以他所有的魔法都是精准的——这个毒药含有个性化的配料，解药也需要这种配料。"

"是什么东西？"米罗和蒂莉异口同声地问道。

"配方上说，为了使毒药或者解药起效，它需要含有叫作'这位读者的档案'的东西。"阿莱西娅一边复述那个配料，一边曲着手指在空中画了个引号，"我很抱歉，我完全不知道那是什么意思。"

"没关系，我们知道。"米罗说着和蒂莉交换了一个狂喜的眼神。

蒂莉卷

39
与恶魔的交易

半个小时后,三人在客房车厢里洗了澡,全身干净又干爽。蒂莉甚至找到了一个吹风机,就在米罗带她去过的那个装饰漂亮的房间里。他们努力把衣服冲洗干净,晾在火热的驾驶室里,并往火炉里扔进了更多的书魔法木球。此刻他们都窝在餐车里,穿着霍拉旭为最尊贵和富有的客户准备的松软的晨袍。

米罗设法给大家做了早餐,他们狼吞虎咽地嚼着抹了花生酱的面包片,用玻璃杯喝着橙汁,接着又喝了几杯热茶,吃了一包饼干。

"我想,是时候把你知道的一切都告诉我们了。"吃饱后,蒂莉对阿莱西娅说道。

"我知道的都会告诉你们,"阿莱西娅说道,"不过,恐怕还会有很多空白。你们也看见了,我父亲非常神秘,从不有意跟我分享任何事情。我只有通过偷听,才能知道一些。你们刚开始跟他说的话,我也听见了,我知道他跟你们谈到了《万书之书》。他执迷于那本书,认为书里包含了万事万物的答案。关于书行,我想他可能比这世上任何一个人都更了解,可他也仍然没弄清楚为什么有些人能书行,有些人不能。而且他相信只有你才能拿到这本能告诉他答案的书，蒂莉，因为你有一半虚构血统。围绕它的一部分传说里说到，只有一个读者能找到它，阅读它。"

"但我不明白的是，"蒂莉说道，"他为什么一定要知道答案。你说那本书里有答案，那这个答案的问题又是什么呢？他还谈到了所有跟炼金术和想象力有关的事——他究竟想干什么？"

"炼金术士在从前都专注于制造贤者之石，"阿莱西娅解释道，"它会让他们永生。我父亲确实是个炼金术士，但不是那种研究金子、盐和硫的人。他研究的是想象力。"

"这个他对我们说过。"米罗指出。

"对，但我打赌他并没有告诉你们，他已经找到了一种提炼书魔法的方法，从而造出长生不老药，不仅可以延长自己的生命，还能不需要书也能书行。"

"可是……"蒂莉说道，"这就意味着他能去……基本上能去任何地方？"

"是的，他能随心所欲地进入几乎任何一本书里——那种长生不老药和他那份《绿野仙踪》地图就是他能找到你叔叔，并恰好在事故后为他提供一个交易的原因，米罗。那也是为什么他能进入你家人才拥有的书里。他不用遵循书行的一般规则，也不是需要一本书或者一列火车才能书行，他可以直接进去。"

"可是，如果他都能做到这样了，还需要这本《万书之书》做什么呢？"蒂莉问。

"因为他不完完全全掌握，是绝不会罢休的。这对他来说只是一个开始。他有各种各样的魔水和长生不老药，但是目前他能做的事很多都局限于《绿野仙踪》。他无法看透所有的书，不过他的魔水每天都在扩张他的权力。他想要知道关于书行和想象力的魔法的一切事情，这样他就能控制它们了。他储藏消息——他在翡翠城里有一个秘密的储藏室，把信息都藏在那儿。"

米罗和蒂莉交换了一个眼神，但都没有提起他们几个小时前刚去过那儿。

"他想拥有控制整个世界的知识的力量，"阿莱西娅继续说道，"那样他就能在无人知道是他的情况下运用它。假如他把世界上所有的知识和想象力都握在手里，就会拥有无限的可能性。我父亲……他的年纪比看上去要老。"

"这话他也说过。"米罗小心翼翼地说道，"这到底是什么意思？他多大了？"

"我也不太清楚，"阿莱西娅答道，"但我知道炼金术士在威尼斯研究贤者之石的时候，他就在了——那能追溯到16世纪。"

"对不起，什么？"蒂莉不可置信地说道，"那可是五百多年前了。"

"对，"阿莱西娅说道，"我刚才说过了，他比看上去的要老。我想，这也是他对任何人或任何事都漠不关心的原因。他已经太久太久都只擅长做坏事，早就不关心别人了。"

"那你多大了？"米罗困惑地问道。

"哦，我是个正常人。"阿莱西娅高兴地说，"我十三岁。我父亲，不管怎么样吧，是个多情的人，这几个世纪来，他爱上了很多女人。但我妈妈不想要孩子，或者至少他是这么告诉我的。不幸的是，我父亲也不想要孩子，可是她把我丢在了他家门口，他也别无选择。我主要是由玛利亚照顾的。"

"为什么冒险总是发生在有复杂家庭关系的人身上？"米罗琢磨着，说了出来。

"我猜那些家庭正常的人都忙着做正常的事呢，"蒂莉说道，"没时间冒险。不过，说到家人，我们家的人一醒来就会担心我的。我们有什么办法能知道家里现在是几点了吗？"

"我叫醒你的时候就快到六点了，"阿莱西娅说道，"现在是，大概过了一个小时了？所以，威尼斯是七点，我想英格兰要晚一个小时。"

"那就是六点左右了，"蒂莉说道，"我想在别人发现我不见了之前，我还有一个小时左右的时间。希望我们能快点拿到外公的档案——还有霍拉旭的——然后就回家。你觉得如果我帮了炼金术士这个忙，他会给我解药吗？"

"可能不会，"阿莱西娅说道，"拿到那本书之前，他是肯定不会给你们解药的。拿到之后，他可能还会用它胁迫你继续为他做别的事。他就是这德行，他也跟人做交易，可是他会设局让你不得不去做，然后他就会永久改变那些细节条款。你永远也赢不了。这就好比他跟米罗叔叔的交易，也是他为什么不能让米罗活着的原因。"

"哦，对，那件事。"米罗静静地说道，"你觉得导致我父母去世的那场事故是他造成的吗？"

"我不知道，"阿莱西娅说道，"我只知道他很快就得到消息了。还有他早就想要你的火车——你管它叫长词号，对吗？——嗯，自从他知道长词号的存在，他就一直很想要它，直到最近，他才得知你的存在，知道你会继承这列火车。"

"可是这有什么大不了的？"米罗问道，"是不是？如果他要说服霍拉旭签那份合同——即便那是在一个可疑的环境下——我又能做什么？我什么力量也没有。"

"不，"阿莱西娅说道，"他不可能真的把这份合同交给一个正规的律师来维护，无论是我父亲还是你叔叔，都不尊重地下图书馆的权威。如果你还活着，这份合同就无效。他不能真正相信你或者霍拉旭会有这个力量把长词号签给他。长词号是从一个司机传给另一个司机的，它是你的——瞧，你显然可以驾驶它。你还没死，它是不可能会回应我父亲的。它是在你的血脉里的。"

"既然知道这一点，那为什么霍拉旭还要答应把火车给他呢？"

"听起来好像是我父亲把霍拉旭的性命握在了手里，为了活命和保护你，你叔叔做了自己认为必须要做的事，即便这意味着跟恶魔做交易。我想他一直在努力保护你的安全，直到他想出更好的计划。"

"更好的计划。"米罗慢慢地重复道，"霍拉旭一直在忙别的事！

需要有那些毒药参与的事——还有跟植物学家有关的事。你觉得他一直都在跟炼金术士作对吗?"米罗的脸上洋溢着希望,毕竟他叔叔没准是个英雄呢。

"记住,他还愿意把我卖给炼金术士呢。"蒂莉说道。虽然她不想扼杀这种希望,但觉得这是个相关的信息。

"我们也不知道他原本会不会贯彻到底,"米罗说道,"也许他完全有别的打算呢!这就是为什么他让我们去找植物学家,而不是炼金术士。也许那段时间他把我藏在马特家,就是为了保护我!"

"也许吧。"蒂莉依旧不是很相信。她见过霍拉旭是如何根据自己想要的东西,去引诱和改变效忠对象的。比起炼金术士,她当然更愿意和霍拉旭一起冒险,但这并不意味着她就会信任他,即便他已经失去意识。

40
书魔法各种各样的用法

三个人聊着天，时间过得很快。尽管还有一大堆事要面对，但蒂莉开始觉得，有了阿莱西娅的配方，也许他们都会没事。她相信阿尔忒弥斯也会了解一些有用的信息。蒂莉对阿莱西娅的配方有点紧张，阿莱西娅能做出解药来吗，做成了又会不会有效呢？可是有一个真正的配方，总好过自己根本不信任的人给的承诺。至少能治好外公的那一剂解药已经有了，或许一旦他们拿到他的档案就行了——阿尔忒弥斯肯定能帮忙的。

很快，他们感到长词号开始减速，黑暗退去，周围渐渐亮起来，他们到达档案馆了。三人换回刚刚晾干的衣服，米罗收拾好书包。蒂莉用力打开车厢门，感觉又振作起来，充满了决心。可随后她便看见了等待他们的是什么。

"这里比我昨天来的时候还要破败，"米罗惊恐地说，"怎么衰败得这么快！"

米罗已经提前给蒂莉打过预防针了，说档案馆的状况很糟糕，可她没想到会这么严重。三人盯着车站里那些开裂的石头和瓦砾，上一次蒂莉来的时候，这个车站还很漂亮。虽然，当时也有过一些问题，但跟现在完全没法比。这里已经快认不出来是个火车站站台了。他们在一片混乱中拣着路，朝着曾经优雅的大门走去。此刻那两扇门倒在地上，又脏又破。通往档案馆的那条小路现在主要是泥土和碎片，那座房子也快立不住了，只剩下残骸，有几部分已经完全被放弃，倒塌了。

"你们确定是这里吗？"阿莱西娅怀疑地问道，三人爬上破碎的台阶，来到了前门。

"没错。"蒂莉说道，虽然她也很担心，不知道会发现什么。

前门没有关严，米罗上前几步推开。门发出了不祥的嘎吱声，三人试探着走了进去。

"喂？"蒂莉喊道，"阿尔忒弥斯？蒂莉和米罗来了。"

"还有阿莱西娅。"米罗补充道。

"你们回来啦。"阿尔忒弥斯出现在门口。蒂莉被吓得倒吸一口凉气。阿尔忒弥斯的头发完全散着，还打了很多结。她的皮肤脏兮兮的，上面好像糊了一层烟灰，衣服破破烂烂的，鞋也没穿。

"米罗，玛蒂尔达。"尽管外表已经成了这副样子，但她还跟以前一样礼貌，"又见到了你们，真是太好了。你们还带来了一个新朋友。"

"这是阿莱西娅·德拉·波塔。"蒂莉说道，"她正在帮我们……呃，做些事情。很抱歉打扰你了，但我们需要你的帮助。"

"很高兴认识你，阿莱西娅，"阿尔忒弥斯说道，微微皱眉，"你是说'德拉·波塔'？多有意思的名字，意大利人？"她顿了一下，凝神看了一眼阿莱西娅，随即又笑着继续说道，"这地方变成了这样，我只能说很抱歉了。我们都见过它更好的样子。你们何不先告诉我发生什么事了呢，我们一起来看看能做些什么。你叔叔没跟你一起来，米罗？"

"没有，"米罗说，"这是其中一个问题——我昨天见过你以后，发生了很多事情。"

"好吧，快进来，别拘束。"阿尔忒弥斯说道，"这些日子，档案馆本身是最安全的地方。"

三人交换了一个惊奇的眼神。阿尔忒弥斯表现得仿佛他们正站在一个豪华旅馆里，而不是一片摇摇欲坠的废墟中。阿莱西娅显得尤其不安，她当然没见过档案馆还好、还漂亮的时候，蒂莉提醒自己。她朝阿莱西娅点点头，希望能安慰到她。然后三人跟着阿尔忒弥斯穿过一条黑暗的走廊，朝档案大厅走去。

蒂莉上一次实地来到档案馆的时候，档案馆存放着所有的档案，是一个整洁有序的地方。此刻跟着阿尔忒弥斯走进去，她几乎不敢相信眼前的情景。书架上几乎没几本书了，那些散页被墙缝中窜进的微风吹动着。蒂莉担忧地看了米罗一眼，阿莱西娅正不安地环顾着四周。

"这里是最安全的地方，"阿尔忒弥斯又说了一句，"是仅剩的最稳定的房间了，也是我度过大部分时间的地方。恐怕我没办法为你们提供多少茶点，不过我希望能帮你们解决到这儿来想解决的问题。米罗，我能请你把西奥多的档案还给我吗？如果能的话，我也能安心一点。我本来不该让你叔叔拿走的,从我任它被拿出这里,我就一直在后悔。我不该让哪怕一丁点的书魔法离开这里。"

"我带来了。"米罗说着从书包里掏出那本白皮书。他把书还给阿尔忒弥斯。阿尔忒弥斯抚摸着它的封面,仿佛它是一只逃跑的猫,现在才安全归来。"不过,问题是,"他紧张地开口道,"我们来这儿是想再借几本档案。或者取用一点?我们不太确定。"他瞥了一眼蒂莉。蒂莉也同样意识到了,不知道把一本大书放进一个小玻璃瓶要怎么操作。她环顾四周,想问一下阿莱西娅,却发现她已经晃悠着去看那些档案了。

"你并没有得到允许去看那些东西。"阿尔忒弥斯严厉地说道。

"可是你都让米罗的叔叔带走一份了,"阿莱西娅指出,"而且这些档案并没被照顾好——全都被撕破或者损毁了。"

"我正在尽最大的努力。"阿尔忒弥斯绝望地对蒂莉和米罗说,不情愿地放任阿莱西娅去翻那些凌乱的档案了。

"这一切都是因为档案馆管理员走了吗?"蒂莉静静地说,心里非常愧疚,"很抱歉,这件事跟我有些关系。如果威尔不离开,也许这些事都不会发生——可是如果不是威尔,最后我们也没有办法拯救大英地下图书馆。"

"你用不着道歉,"阿尔忒弥斯说道,一只手搭在蒂莉的胳膊上,安慰她,"我也曾鼓励威尔离开——当时我也很感兴趣,想看看……好吧,我那时以为他能帮到你就好,我们谁也不知道自己的行为最终会导致什么样的结果。我也有责任。时不时我们都会做一些不该做的事情,"她补了一句,"说到这儿,米罗,上次你还借了其他的东西。"

米罗的脸唰地红了,蒂莉看着他把手伸进书包,他肯定把那本剪贴簿也带来了。

"对不起,我不问自取了,"他说,"可是……我不想还。为什么它会在这里?还有我的档案又在哪里?我觉得我不应该把它还回来——这是我们家的照片和信件——它们不属于这里。"

"我也很想同意,"阿尔忒弥斯说道,"可是它是作为你叔叔协议的一部分被保存在这里的,要让你留着那本拿走的剪贴簿的话,我得把你真正的档案拿回来。"

"这是霍拉旭给你的?"蒂莉说道,没有听明白。

"对,"阿尔忒弥斯温柔地说道,"他根据自己找到的一幅地图发现了我们,当他意识到档案馆里存放着什么的时候,第二次来访他就带来了那本剪贴簿——也就是你也来了的那次,蒂莉。我们见面商谈的其中一件事，就是他用剪贴簿换走了米罗的档案。"

"可是，为什么呢？"米罗问道。

"我理解霍拉旭迫切希望能够……好吧，能够监视你，了解你在哪里书行，你跟谁聊了天。"阿尔忒弥斯缓缓地说道。

"可是，这是怎么奏效的呢？"蒂莉问道，"我还以为档案馆之所以只能看到我们在哪里书行，是因为这里有强大的书魔法支撑。"

"对，没错，"阿尔忒弥斯说道，"可据霍拉旭说，长词号上的书魔法的水平也足以让档案正常运转，看起来他说得没错。我很抱歉让你发现了你叔叔一直在监视你。"

"我不确定他究竟是不是在监视！"蒂莉说道，"我们刚刚得知……"她顿了一下，看看米罗，不知道他是否乐意让她解释从炼金术士那里得来的信息。米罗点头表示同意。"我们刚刚得知米罗的叔叔一直把他藏了起来，以保证他的安全。"蒂莉解释道，"他不想让炼金术士知道米罗的存在，因为炼金术士想要长词号！可我不明白的是——"

"炼金术士？"阿尔忒弥斯重复道，脸色变得煞白。

"你认识他？"蒂莉困惑地问道，"他来过这儿吗？"

"阿莱西娅是什么人？"阿尔忒弥斯说道，面色一沉，"是他派她来的？"

"什么？不是！"米罗说道，"她是他的女儿，是跟我们一起逃出来的！别担心——你可以信任她！"

"她在哪儿？"阿尔忒弥斯疯狂地环顾四周，搜寻阿莱西娅的身影。

蒂莉不安地看了看米罗。阿莱西娅听到阿尔忒弥斯的呼唤,走了过来,看上去并没有特别生气或者担心。

"你没事吧?"她说。

"是你父亲派你来的吗?你父亲知道你在这儿吗?"

"不算知道。"阿莱西娅说道,"可他发现我逃走了。不过别担心,我跟他不是一伙儿的。怎么了?你都知道他些什么?你在躲他吗?他来过这儿?"

"不是……没有……我曾经……听说过他,"阿尔忒弥斯说道,看上去仍然很慌,"他是一个很有权势的人。我不想让人注意到我。"

"别担心,他不知道我们来过这里。"蒂莉试图安慰她,"不过我们本来确实想问你有关他的情况。你知道他一直在做什么吗?知道他弄明白了怎么在没有书的情况下书行吗?"

"什么?"阿尔忒弥斯说道,瞪大的眼睛里全是狂乱。

"对,"蒂莉说,"他可以不用书,就能在故事世界里随意穿行!"

"他是一个很有造诣的故事炼金术士,"阿莱西娅说道,"他发现了书魔法各种各样的用法,实现永生的秘密,还有,就像蒂莉刚才说的,不用书就能书行。"

"你知道这个秘密是什么吗?"阿尔忒弥斯追问道。

"是的。"阿莱西娅说道,蒂莉和米罗望着她。"呃,算是吧。"她改口道,"他那个书行长生不老药的配方我有,他所有的配方我几乎都有。不过这个药我从来没做过。"

"我明白了,"阿尔忒弥斯说着,冷静了下来,"好吧,我很想看到它。我相信米罗和蒂莉已经告诉过你了,我毕生都在研究书魔法和想象力的潜能,反正一直在尽自己所能从这个地方研究。"她紧张地笑了一下。

"你没法离开这里?"阿莱西娅问道。

"对,"阿莱西娅说道,仿佛一下子丧失了所有的斗志。她瘫靠在一个书柜上,看上去筋疲力尽,"我没法离开。"

"这就是为什么你想要那个配方?"阿莱西娅静静地说,"那样你就能离开了?我不知道它会不会让你——是什么把你一直困在这里?"

"我不知道。"阿尔忒弥斯坦言,"不然我就能更充分地研究它了,我不是……我不太像一个人,真的,我很害怕,虽然我觉得从很多很多方面来看,我都是一个人。我并不是传统意义上的书行者,我在你们的世界里无法生存。"

"那你是从哪儿来的?"米罗问道。

"我想我是被写出来的,"阿尔忒弥斯说道,"可我也不能肯定。这么久以来,有一群书行者来过这里,来研究和阅读,也来实验书魔法,但我后来再也没有听过他们多少消息。我被留在这里自生自灭。等到这个地方最终崩塌,我想我也会随之而去。这里已经没有足够的书魔法输入进来了。可是这些档案似乎仍然能够正常运转,因为似乎仍有书魔法注入其中,可我并不知道它们都是从哪儿来的。我唯一的目的就是保护这个地方,可现在都无法实现了。"

蒂莉很为她难过。

"你觉得那药能有用吗?"蒂莉问阿莱西娅,"那个长生不老药能帮助阿尔忒弥斯离开吗?你能救她吗?"

阿莱西娅看上去不太自在。"我真的不知道,"她说,"我不知道自己是不是有技术能做到这个,也不知道必备的设备都有没有。如果她不是一个书行者,或者一个真正的人,可能根本就不会起作用——我没有冒犯的意思。"

"没事。"阿尔忒弥斯笑道,有点紧张,"那个,我知道你有点为难,阿莱西娅,但也许我们可以做个交换。你刚才说你需要一些档案,对吗?我想一旦我离开了,这个地方也维系不了了,所有的档案也将不复存在。如果你愿意帮助我,我很乐意让你拿走需要的档案。"

"但你会怎么样?"蒂莉问,"你不怕吗?"

"哦,我怕,"阿尔忒弥斯说道,"但害怕也不该妨碍你去做正确的事情、重要的事情或者必要的事情。"

"决定权在你。"蒂莉对阿莱西娅说道,"但我想我们应该帮忙。"她转向阿尔忒弥斯,"如果我们想先把档案拿在手里,可以吗?尤其需要两份——但我们也想带走一些其他的,以防以后会需要用它们来做……嗯,非常重要的事情。"

阿尔忒弥斯点头表示同意。"米罗,你何不去拿你来这儿想找的档案呢?女孩子们留在这里,看看都需要什么。哦,还有,米罗?"他转过身。"你奶奶的档案在T区,特雷伯,她娘家的姓。我猜你也会想要这份。"

"可能会没有效。"阿莱西娅又说了一次,但这次她在背包里翻了翻去,掏出了一个用绳子捆着的笔记本。

"我明白。"阿尔忒弥斯轻轻地说道,"可是,如果你愿意的话,我很想试试。我想,终于到了我要走的时候了。"

41
匿名读者

"做这个长生不老药的东西你都有了吗?"阿尔忒弥斯问道。

"我想我还得去长词号上取几样。"阿莱西娅答道,"我去问米罗。"她走开了,找米罗拿了钥匙,走出档案馆,边走边仔细地研究着笔记本里的东西。

"据我对她父亲的了解,我相信那个配方是可靠的。"阿尔忒弥斯对蒂莉说,"至少听起来对他很有效,如果他能在那场热气球事故刚刚发生,就进入了《绿野仙踪》里的话。"

"这事我们跟你说过吗?"蒂莉困惑地说道。"关于那场事故?"

"哦,没有。"阿尔忒弥斯笑着说道,"我当然是从那些档案里知道的。"

"哦,确实。"蒂莉说道,虽然还有些不太明白,"可是,你怎么能了解所有这些档案呢?"

"我并没有真的了解所有的,"阿尔忒弥斯说道,"但你要记得,我在这里有大把的时间,而且现在也不像从前有那么多书行者了。一旦遇到一个书行者,我相信你明白我会更有兴趣追踪他们的故事。你不会吗?"

"我猜也会吧。"蒂莉说道,提醒自己虽然这看起来有些像窥视,可阿尔忒弥斯的工作就是跟踪和照看这些档案。

蒂莉突然意识到这没准是她最后一次有机会向阿尔忒弥斯提问了,瞬间感觉想知道的事情排山倒海般涌来。她决定从最紧迫的问起,但阿尔忒弥斯已经先想到了。

"你在故事世界中书行的时候遇到什么问题了?"她说,"上次你来看我的时候,故事世界在以某种方式要你回去。"

"这种情况已经发生得不那么频繁了。"蒂莉说,"但也没有完全停止——我必须保持警惕。它变得不频繁了,是因为这里发生的事情吗?因为档案馆要倒塌了,书魔法也在慢慢消失吗?"

"也许吧,"阿尔忒弥斯说道,"或者也许是……好吧,也许是故事世界有了新的计划来达成自己的目的。"

"那听起来更糟。"蒂莉指出。

阿尔忒弥斯四下里看看,仿佛在期待有人听到她们的对话。"我很难按照自己的意愿来帮你,蒂莉。"她说。

"我不明白。"

"有很多东西……目前正在进化,"她缓缓地说道,"事情不总像它们看起来的那样。"

蒂莉有点不安,可阿尔忒弥斯不再说话了。

"我能问问你有关炼金术士的事吗?"蒂莉问道,试着换一种策略,"你能给我讲讲他的事吗?"

"我可以试着帮点忙,"阿尔忒弥斯说道,眼睛并没有看着蒂莉,"虽然我不太确定能帮上多少。"

"好吧,他想要我去给他取一本叫作《万书之书》的书,我想知道你了不了解这本书。"

"哦,"阿尔忒弥斯说道,听起来松了口气,"那本书其实跟炼金术士完全没有关系,不过我并不奇怪他想要它。"

"这么说你知道这本书?"

"当然了。"阿尔忒弥斯说道,"这是一本神秘的书,据说是现存最古老的书之一,传说书中有关于书行的一切秘密——书行是如何开始的,又是如何运作的。人们相信这本书能告诉你如何把一个人变成书行者,或者取消他的书行能力,或者如何注入能引发书行的魔法。可其实我们都并不是很清楚。这本书已经很久很久未曾现世了。"

"炼金术士似乎认为只有我能找到它。"蒂莉进一步说道。

"哦,那是因为这个神话的一部分说,每一代书行者中只有一个人能做到。传说称这样的人为匿名读者。"

"但是,如果是匿名的,为什么他会认为就是我呢?"

"这更像一个头衔。"阿尔忒弥斯解释道,"这种读者代表的是所有的读者和作家。档案馆接待著名的、伟大的和受人尊敬的人;这些匿名读者代表的是我们所有人。"

"那不可能是我。"蒂莉不知所措地说道。

"可能是你,"阿尔忒弥斯说道,"但也有可能是任何一个人。炼金术士以为这跟伟大的或者特殊的能力有关——这就是为什么他认为你有半虚构的血统,就会是你。但是我认为这是一个你自己赢来的头衔,可能你都没有意识到就获得了。我想每一个读者有这个潜质,但怎样才能知道自己有没有,我就不知道了。我猜只有在找到或者打开这本《万书之书》的时候,你才会知道。"

"这么说,他认为是我,是因为我爸爸是一个书里的人物?"蒂莉说道,"每个人都因为这一点而认为我很特别。"

"是的,蒂莉,"阿尔忒弥斯说道,"可不光是因为这个——记住这一点很重要。没错,你不寻常的血统意味着你拥有出色的书行能力,但是你之所以很特别,也因为你是一个勇敢、好奇和善良的人。你很聪明,也很忠诚,很照顾自己的朋友和家人。我觉得,假装你的能力没有让你变得更有趣,这对你没有任何好处。但是,其他那些才是真正重要的。"

"谢谢你。"蒂莉静静地说道。

"想想这个春天你做出了什么成就,"阿尔忒弥斯说道,"你解放了那么多的源本书,把它们还给了读者。炼金术士对《绿野仙踪》的控制,很大程度上源于他拥有源本,而你做的事阻止了他还有其他人,以同样的方式控制别的那么多的书。"

"不过,只要想到了,这事人人都能做。"蒂莉说道,"没有奥斯卡、你、威尔还有米罗,我也做不成。"

"可别人确实都没有想到这一点。"阿尔忒弥斯说道,"能够打开《万书之书》的匿名读者,是一个真正地深刻了解故事的人,你的血统能帮你做到这一点,但是你的行为跟你的家族史一样重要。就像我说的,我能明白为什么炼金术士会认为那个人是你,确实也可能是你。但如果真的是你,那是因为你和故事的关系,而不是因为你的父母是谁。"

"所以,只有这一个读者,这个匿名读者,能找到它?"蒂莉问道。

"对,只有他们才能打开这本书,神话就是这么说的。"阿尔忒弥斯说道,"虽然你知道,我也知道,神话也是一个建立在一点点事实基础上的故事,而不是一本规则手册。"

"炼金术士说这本书在植物学家手里,"蒂莉说,"你知道她吗?"

"我当然知道她。"阿尔忒弥斯说道,"她被很多人熟知。被称为植物学家,是因为她对植物和民间传说的痴迷,不过她有名字:罗莎·克利尔伍德。她是一个伟大的藏书家和故事收集家。"

"如果这本书在她手里,这不是意味着她就是那个匿名读者吗?"蒂莉问道。

"有可能,或者也可能并不在她手里,她只是知道它的下落,又或者是她给了炼金术士一条错误的线索。"

"因为他们俩是对手?"蒂莉问道,"他似乎真的很恨她。可是……可是霍拉旭要我们去找她。你知道是为什么吗?"

"霍拉旭·博尔特总是有很多计划、策划和想法,也不管有没有可能实现。"阿尔忒弥斯苦笑着说。

就在这时,米罗从书架那边回来了,抱着一大堆白色的档案,都快抱不住了。

"我拿了阿奇的,还有你们全家的,还有奥斯卡的、霍拉旭的、我爸妈的、我奶奶的,你的和阿莱西娅的,以防万一。"他说着,一股脑把它们扔在地板上,微微喘着气,"显然我那份不在这里,但我想我们应该尽量多带走一些。拿到阿莱西娅的那份时,我还找了一下炼金术士的,可这里并没有合同上写的那个名字的档案。"

"他没有档案。"阿尔忒弥斯说道。

"什么?为什么没有?"蒂莉问道,可阿尔忒弥斯只是尴尬地耸了耸肩。

"这里从来就没有过他的。"她只是这么说了一句。

"那你怎么知道他这么多事?"蒂莉问。

"哦,看,阿莱西娅回来了。"阿尔忒弥斯没有回答这个问题,"东西都备齐了吗?"

"对,"阿莱西娅说道,手里抱满了各种各样古怪的东西,包括几个给长词号提供动力的木球,"或者说至少你这里没有的东西我都拿齐了,现在就差墨水。"

"墨水我有。"阿尔忒弥斯说道,脸热得像发烧了一样,眼睛像玻璃一样明亮。她走到门边的桌子前,拿出一个光滑的黑色墨水瓶,递给阿莱西娅。

"我可能还需要一些书魔法。"阿莱西娅说道,"我觉得有这些充了魔法的木球已经足够了,但是我以前没做过,并不太清楚我父亲用了多少。"

"收几张这种纸来,"阿尔忒弥斯指导蒂莉和米罗,"上面满是书魔法。"

"是档案里来的?"蒂莉不太确定地说。

"对。"阿尔忒弥斯说道,"这个地方就要塌了,蒂莉,这些档案也很快就会消失。你们也知道,它们充满了书魔法,燃烧后会释放出每个读者的想象力,跟霍拉旭烧那些木球是一样的。"

"啊——"蒂莉说道,她终于知道要怎么把档案加到解药里去了。她看了看米罗和阿莱西娅,他们俩也同样意识到了,三个人一齐转过身一看,米罗搜集来的那堆档案还放在那里。

阿莱西娅仔细地研究着笔记本上的内容,皱着眉头,全神贯注。她在地板上放了一个玻璃罐子,旁边是一把金属的烧火钳、一盒火柴、几个为长词号提供动力的充满了魔法的木球,还有……

"那是蜂蜜吗?"蒂莉问道,看着地板上那个半满的罐子。

"对。"阿莱西娅头也不抬地说道,"那是我们需要的糖。你也可以用普通的糖,很久以前也有人用过水果,不过蜂蜜也有效,我在长词号的食品储藏室里看到就抓来了。好了,我们需要纸里或者木头里含有的想象力,还需要糖和墨水,然后把这些东西都倒在一个玻璃容器里,用火点燃。"

"就这样?"阿尔忒弥斯说道。

"这是炼金术,"阿莱西娅说道,"就是把基础的或者说常规的东西变成纯粹的东西,把暂时的变成永恒的。不需要用很多花哨的东西,只需要知道拿它们怎么办就行。"

蒂莉和阿尔忒弥斯在一旁默默地看着阿莱西娅,看她按照抄在笔记本上的说明一步步操作。她小心翼翼地把木球放进玻璃罐子里,划燃一根火柴,凑到木球上,直到木球点燃。火焰绕着木球舔了上来,爆出了闪耀的火花。阿莱西娅倒了一点蜂蜜在上面,空气中弥漫着一股甜甜的烟熏味,闻起来非常像……

"烤棉花糖的味道!"蒂莉高兴地说道,"这就是为什么书行的味道像烤棉花糖!"

接着,阿莱西娅把阿尔忒弥斯提供的墨水倒进去,墨水与蜂蜜,还有木球燃烧后像解体的星星一样释放出的书魔法融合在一起,整个罐子里满是闪光的黑色液体,火焰在上面跳舞,液体表面闪闪发光的颜色就像孔雀的羽毛一样。

"哇哦,"米罗说道,"真漂亮。"

"就是这样吗?"阿尔忒弥斯凑近这燃烧着的液体,"我们怎么才能知道它做没做好呢?"

"等火熄灭了就行了。"阿莱西娅说着,抹了一把粘到脸上的头发,眼睛一直盯着那液体不放。又过了几分钟,火焰猛地蹿高,一道明亮的彩虹般的光反射在房间里,然后火焰蹿得快,熄得也快,罐子里只剩下了一把黑色的粉末,上面有闪光的痕迹。

"会有效吗?"蒂莉静静地问道。

"只有一个办法能验证。"阿莱西娅说道,抬头看着阿尔忒弥斯。

"我就……把这咽下去吗?"阿尔忒弥斯第一次露出了害怕的样子,"然后该怎么办?"

"我不知道接下去怎么办——我很抱歉。"阿莱西娅说道,"但我父亲就是舀起一小撮放进水里,然后喝掉。给,我带了这个。"她抓起自己的背包,掏出一个水瓶和一把茶匙。她用茶匙舀起一小撮粉末,倒进水瓶子里。然后她轻轻地摇晃了一下瓶子,他们看到那撮粉末散开、溶解了。阿莱西娅把水瓶递给阿尔忒弥斯。

房间里一片死寂,阿尔忒弥斯用微微颤抖的手接过瓶子。

"祝我好运吧。"她说着,把瓶子里的水倒进嘴里,喝了下去。

三个孩子看着她咽下去,又看到她对他们笑了一下。这时,一阵令人骨头震颤的轰隆声传来,仿佛雷就打在这座建筑的外面,地板开始震动。

42
在你的想象中再见

"怎么回事？"米罗说道，努力站直身体。

"我不知道。"阿尔忒弥斯说道，她顿了一下，喉咙里发出刺耳的喘息声，"你做了什么？"她问阿莱西娅，阿莱西娅眼看就要哭出来了。

"我是照着配方做的！"阿莱西娅绝望地说道，"我都跟你们说了，我以前没做过这个药！对不起。哦，不，哦不。"

蒂莉走过去握住她的手，稳住两人的身体。整个地方都开始嘎吱作响，摇晃起来，她努力安慰阿莱西娅，尽管她自己也很害怕。

"这不是你的错，"她用能盖过喧嚣的声音喊道，"我们都同意了要试试的。你还好吗，阿尔忒弥斯？我们能做点什么吗？你还能动吗？我们得回到长词号上去！"

"哦！"阿尔忒弥斯说道，把目光从阿莱西娅身上移开，"哦！"然后她闭上了眼睛，脸上浮现出异常平静的神情。就在这时，一大块东西从天花板上砸到了地面上，砸倒了一个放档案的书架。

"她怎么了？"米罗悄声问道。阿尔忒弥斯把手放在身侧，手中的瓶子掉到了地板上,任由它滚走了。书魔法的火花开始从她的皮肤中飞舞出来,档案馆在他们脚下轰鸣,翻滚。她现在完全不回应孩子们了。

"她看起来跟……她看起来跟威尔消散的时候一样。"蒂莉说道,"我想她是要变成纯粹的书魔法了。"

"那样没事吗?"阿莱西娅低声问道,眼泪静静地从她的脸颊上淌了下来。

"可是她会去哪儿?"米罗问道。

"我不知道,"蒂莉静静地说道,"她跟威尔不一样,她从来就不

是一个人，但是，不管会发生什么，这都意味着她自由了。这跟一个书行者或者一个人身上发生的不一样。她一心想离开，我想她终于能离开了。"

他们望了一会儿，阿尔忒弥斯的轮廓开始磨损，火花溅得更远，更多大块的石头从上面掉下来，砸中书架，翻倒的书架又变成了一波致命的多米诺骨牌。

"我们得走了！"米罗的喊声把大家惊醒了，立刻行动起来。阿莱西娅开始收拾自己带来的东西，把它们塞进背包。米罗和蒂莉抱起那一堆档案。它们又大又沉，蒂莉几乎都搬不动了，但他们没有时间讨论是不是要把其中一些留下了。有许多都属于米罗的家人，要不要抛弃，这没法由她来决定。

"阿尔忒弥斯！"蒂莉喊道，不想把她扔下，"我们要走了！你还好吗？"都到这时候了，蒂莉并没有期望能得到回应。阿尔忒弥斯周围的空气在闪烁，在震动，简直就像出了故障的电子游戏机。这时她睁开了眼睛，直直地看着他们，带着一种只能描述为胜利的眼神。

"谢谢你们，"她的声音轻盈而空洞，"我不会忘记你们的帮助的，希望在你们的想象中还能再见。"随后她再次合上双眼，身体开始消散，闪闪发光的颗粒飘散到空中，尘土开始从震动的天花板上，下雨般落到他们身上。

"谢谢你！"蒂莉说道，并为所有的失去、恐惧和不确定而哭了起来。阿莱西娅把她拖走了，她越过蒂莉的肩膀看了一眼阿尔忒弥斯之前在的地方。

"快!"阿莱西娅喊道,她的注意力此刻集中在正迅速瓦解的档案馆上。三人从门里冲回走廊,朝正门的方向跑去。但越来越大片的砖块落了下来,他们都快站不稳了。三人躲闪着,拼命地绕来绕去。但一幅画从墙上掉下来,砸中了蒂莉,她的手臂擦伤了,一阵剧痛。她勉强搂住了那些档案,看到米罗也在挣扎。

离入口处只有几米远了,这时空中传来轰隆隆的墙塌声,一大片墙倒在了他们前面,挡住了通往门口的路,尘土和砖块倾泻在地毯上。

"快,这边!"米罗喊道,扬了扬脑袋,示意那个被毁的城墙上留下的一个缺口,从那里可以看到档案馆衰败的花园,花园外面就是离长词号不远的大门。米罗试图抱着档案从砖块上爬过去,可蒂莉转过身去,她要确保阿莱西娅也听到这话跟上来。

"阿莱西娅!"她喊道,却没有看到阿莱西娅。

"我在这儿,"一个微弱的声音说道,"墙边。"

蒂莉望向地面,看到了阿莱西娅,发现她的脸色比平常还要苍白。

她一只脚被牢牢地压在一堆砖头下面,一边脸颊上有一条细细的血痕。

43
漂浮在故事世界里

"米罗!"蒂莉叫道,"停下,等等!阿莱西娅被压住了……她受伤了。哦,不!哦,不!我们该怎么办?"

这不是那种可以把自己从书里读出去,或者在书里研究一下的情况。这是真实的砖和血,她也不知道该怎么办了。她开始在那一堆瓦砾中挖找,想看看哪块砖可以移动,还不会把上面一堆石头都弄倒,把两人都压住。脚下的地面摇晃得越来越厉害,瓦砾堆在不停地挪动着。

"走,别管我了。"阿莱西娅静静地说道。

"别傻了。"米罗说着,把自己的档案放在蒂莉那堆档案的旁边,也去帮忙在瓦砾中翻找。

"我们就快把你弄出来了。"蒂莉说着,抹了一把脸上的尘土。

他们只能集中精力,尽快把阿莱西娅的脚弄出来,并努力忘记周围档案馆倒塌的骚动和嘈杂。

可是阿莱西娅的那只脚还是牢牢地卡在那里——他们只能想办法挪开足够的石头,好让她的腿露出来更多,直到脚踝。她的脚踝扭得厉害，让蒂莉感觉有点不安。除了他们周围的东西在彻底消失，墙也开始发光、闪烁、变淡了，仿佛就要蒸发了。

"也许压住阿莱西娅的这些石头也会消失？"米罗满怀希望地说。

"可到那时这里就什么都不剩了！"蒂莉说道，脑子里一团乱，"我们只是漂浮在故事世界里，要么我们会随着它消失，要么……要么……"

"你爸爸的那些长生不老药，现在就能派上用场了。"米罗说道，可阿莱西娅没有听见，她已经疼得晕了过去。蒂莉赶紧感受了一下她的呼吸，让她松了一口气的是，阿莱西娅明显还有呼吸。

"哦，不！哦，不！"蒂莉又说了一遍，从来没感觉这么害怕过，"我们该怎么办，米罗？"

"我们只能继续尝试，"他忧虑的脸上露出坚定的神情，"我们只能这么做，对吗？我们只能继续尝试把她弄出来，直到成功为止，否则这个地方就会全部消失。"

蒂莉点点头，继续翻找，可那些岩石要么卡得太牢了，要么太大了两人都搬不动。那儿有一根很大的木头撑着所有的东西，阿莱西娅的脚就卡在那下面。可他们还在不断地尝试。

就在他们忙着的时候，谁也没有注意到阿莱西娅倒下时，背包砸到了地板上，包里的东西撒了出来，

那个玻璃罐子也摔碎了。就在他们身后,那些残余的粉末飘散成了一团闪光的书魔法微粒,在空中打着旋,轻柔地落在了忙碌着的蒂莉和米罗的身上。

44
最重要的工作

蒂莉用脏兮兮的手抹了一把额头,那粉末就闪着光……消失了?她盯着它看了一秒钟,然后把它归结为档案馆在他们周围崩塌的时候逃逸出来的书魔法。这一切真让人不堪重负,觉得自己毫无用处——可他们别无选择,只能继续尝试。她努力不去想自己的家人,他们可能已经醒了,随时会发现她不见了。她尤其要忍住不去想外公昏睡的脸,她可能没法把他叫醒了。他们所做的事情,他们知道的东西,都将化为乌有。

就在这时。

"哦,可怜的家伙!"一个声音从他们身后传来,把蒂莉和米罗都吓了一跳。他们转过身去,看见四个孩子站在那里,全身的轮廓在轻柔地闪着光。

"安妮?"蒂莉说着跳了起来,张开双臂抱住了她的红头发女神安妮·雪莉。

"玛蒂尔达!"安妮高兴地说道,"我们怎么会出现在这儿?那个女孩还好吗?"

"不，她不太好，"蒂莉说道，"我不知道你们怎么会在这儿——等等……"她转过身，"你们是谁?"她更仔细地看了看另外三个孩子。

"是……是你们。"米罗困惑地说道，"这是伯比、彼得和菲莉丝，铁路边的孩子们。你们怎么在这儿?"

"我向你保证，我也不知道。"彼得说道，他正忙着呢，就被人拽走了，看起来相当不高兴。伯比已经跪在了阿莱西娅的身边，拂开她汗湿的额头上黏着的头发，评估起她的状况。菲莉丝看着火花四溅、摇摇欲坠的档案馆，有点害怕。

"我想是有人需要我们。"安妮高兴地说道，欣然接受了眼前的局面。蒂莉盯着看她，低头惊奇地望着她那闪着光的皮肤。她的皮肤感觉就像被微微充了电。蒂莉看看米罗，发现他也是一样的。

"安慰毯人物。"她惊奇地对自己说道。她全身充满了美丽的书魔法。她能感觉到所有曾塑造她的故事，所有她曾在其中留下过痕迹的故事。她的档案可能是她阅读生涯的一种外在表现，但所有的故事一直都在她的心底，在她的脑海里，一直都在，以备不时之需。而《绿山墙的安妮》就是这一切的内核，就像《铁路边的孩子们》是米罗的内核一样。安妮总是在她最需要的时候出现。蒂莉又感觉到了那种熟悉的勇气，那种她总能从安妮·雪莉身上获得的勇气。是时候营救阿莱西娅，回到长词号上了。

"她怎么样了，伯比?"彼得问姐姐。

"她会没事的，"伯比说着从阿莱西娅身上抬起头，"她只是晕倒了,如果我们能把她弄出来,我想她的脚踝会痊愈的——我感觉没被压坏,只是卡在这根横梁下面了。"

"那好吧。伯比,你守着她——她叫什么名字?"彼得说着,撸起袖子,立刻负起责来。蒂莉注意到安妮翻了个白眼。

"阿莱西娅。"米罗说道。

"好的,伯比,你守着阿莱西娅,尽力保证她的安全;米罗和我——"

"你知道我的名字?"米罗不可置信地说道。

"我们当然知道你的名字。"彼得答道,"别犯傻了——过来和我一起搬这根横梁。"

"不能只是男生们搬！"安妮不高兴地说道，"我们也要来帮忙！"

"好吧，"彼得说，"别碍事就行。你和我抬这头，米罗你抬那头，和……"

"蒂莉。"

"好，和蒂莉一起，努力抓牢了。"

"那我呢？"菲莉丝哀哀地说，"我也要帮忙！"

"你的工作是最重要的，"彼得对菲莉丝说道，"我们搬动横梁的时候，你必须盯着那些碎石，看见有任何东西掉下来，你就大喊。能做到吗？"

"能。"菲莉丝坚定地说道，抱着手臂站在那里，紧盯着那一堆碎石。

"他怎么会知道我的名字？"米罗对蒂莉说道，两人努力地抓住那根巨大的木梁。

"我想这是因为他们不是从书里来的，"蒂莉说，"而是从你那里来的，从你的记忆里。你心里一直记着这些人物，他们都是我们的安慰毯人物。"蒂莉看到他露出恍然大悟的样子，跟她刚才一模一样。

"哇！"尽管现在形势还很不稳定，但米罗脸上的笑容压都压不住。彼得倒数了几个数，四个人使出了全身的力气往上抬。

横梁动了动，但只动了一点点。

"没事吧，菲莉丝？"彼得喊道，她点了点头。

"好，继续！"

"没事吧，伯比？"

"没变化。"伯比弓着身子护在阿莱西娅的上方,以免有东西掉下来砸到她。

"再来一次!"彼得大喊一声,四个人再次使出了最大的力气,这一次横梁明显被挪动了。

"稳住!稳住!"彼得说道,"伯比!把她拽出来!菲莉丝,快去帮你姐姐。"

为了抬稳横梁,以免砸下去压到伯比和菲莉丝,蒂莉感觉自己两只胳膊在重压之下不停发抖,而米罗用力到满脸都是汗。伯比姐妹俩正轻轻地把阿莱西娅从下面拖出来。

"我快抓不住了!"安妮说道,使劲使得脸都涨红了。

"我……也是……"彼得咕哝道。

"她出来了!"伯比喊道,她和菲莉丝把阿莱西娅拖出了那堆碎石堆。

"好,听我数数,我们一齐把它扔掉就跑。"彼得说道,"大家移动的方向一定要明确,免得被横梁砸到脚。"另外三人默默地点点头。"一!二!三!"

蒂莉那发疼的手指松开了横梁,在它砸下去溅起更多碎石和灰尘的时候,迅速闪开。横梁砸进了地面,木头撞成了碎片,在地上留下一道凹痕。负责抬梁的四个人瘫靠着摇摇欲坠的墙壁,大口地喘着气。

"大家干得好。"彼得说道,用了拍了拍安妮的背。

"你计划得很好,"她公平地说道,"压力之下,你很冷静。"

"谢谢。"彼得粗声粗气地说道。

"我们得走了。"蒂莉重重地喘着气说道,"我们得回到长词号上去。伯比,你能帮我扶一下阿莱西娅吗?火车离这儿不是很远,至少一旦进了花园,我们就会安全一些了,不会被掉落下来的东西砸到。"

他们围着伯比,伯比把阿莱西娅的头搁在膝盖上。阿莱西娅的脚踝肿得厉害,还在流血,好在显然还好好地连在腿上。她醒过来,喃喃地开口说话。

"发生……发生什么事了?"她说着,脸色煞白,"我们这是在哪儿?"

"我们还在档案馆里,"蒂莉说道,"这些是我们的朋友,他们会帮我们大家回到长词号上。伯比,你能揽住她另一边胳膊吗?这样我们好一起把她扶起来。"

伯比点点头,轻轻地把阿莱西娅的头放下,站了起来。两人尽量小心翼翼地把阿莱西娅扶起。蒂莉能看出来她有多疼——她咬紧牙关,眼泪从眼角渗了出来,可她一声都没吭,一句抱怨都没有。他们把她一只胳膊搭在伯比的肩膀上,另一只搭在蒂莉的肩膀上,这群原本不太可能凑在一起的人,从倒塌的墙的豁口中钻过,走到了花园里。

"好了,就快到了。"米罗喘着气,走在最前面,"离大门不远了,我先去把长词号的锁打开?"

"对。"蒂莉喘着粗气说道,米罗马上往前跑去。

"换我来吧。"安妮说道,看出蒂莉快没力气了。蒂莉感激地把阿莱西娅的重量挪到了安妮身上，另一边彼得也替下了伯比。他们俩走得比蒂莉期望的要慢，可是也没办法走得更快了。穿过花园还没走多远，一声巨大的轰隆声传来，比他们之前听到过的任何声音都要大，在天空中回响着。

大家转过身去，停下来敬畏地看了一会儿。档案馆的残骸终于完全倒塌了。它雷鸣般倒下，巨大的砖石垮塌，尘土巨浪般冲向空中，碎玻璃哗啦啦地洒下来。整个地方都散发出书魔法的火花，它们在掉落的过程中忽闪忽现。一阵爆炸声让这几个正在观望的人从恍惚中惊醒，窜起的火焰一路舔舐着档案馆侧面的废墟。

蒂莉惊恐地倒吸一口凉气。

"那些档案，"她说，"我们把档案落下了。"

"什么档案？"安妮问道，"我们能帮上忙吗？"

"你看见那些白皮书了吗？"蒂莉说道，"在阿莱西娅被卡住之前，我们带了好几堆白皮书，是用来救我外公的。"

她绝望地转过身去，去看这大楼在火和烟的笼罩下还剩下了什么。她所有的希望和肾上腺素都骤然枯竭了。他们这么努力得来的一切就这样消失了，这下再没有办法唤醒外公和霍拉旭了。

"我们去拿。"彼得郑重地说道，"你和伯比带着阿莱西娅走，我和安妮回去找。你们把档案落在了那道横梁倒下的地方？"

"对，可我不能要求你们这么做，"蒂莉说道，"这太危险了。"

"你愿意和我一起去吗，安妮？"彼得说道，"我能看出你是个够勇敢的人。"

"那当然。"安妮说着，脏兮兮的手在围裙上抹了一把，红辫子甩到肩后，"我们走。"

"你确定吗？"

"从没有这么确定。"安妮说道，单手抱了蒂莉一下，然后和彼得把阿莱西娅又交回给伯比和蒂莉。阿莱西娅试图把重心放在那只脚上，但脚一触地她就不由自主地发出了一声痛呼。三人护着阿莱西娅慢慢地朝大门和火车站走去，彼得和安妮则往回朝着燃烧的大楼跑去。

45
再等一会儿

三个人感觉像走了一辈子才走到了那扇破碎的金色大门边,最后又终于走到了米罗身边,他正焦急地站在那辆火车旁边,手里拿着哨子。

"其他人呢?"他喊道。

"他们回去拿档案了!"蒂莉说着,跌跌撞撞地朝他走过去。

"那些档案。"米罗轻轻地说道,显然也跟蒂莉一样,意识到了一件可怕的事情。那是他们来这儿的全部原因,后来才急着要救阿莱西娅。

"别担心,我相信彼得和安妮会找到档案的。"伯比说着把阿莱西娅的胳膊从自己脖子上解开,两人一起扶着阿莱西娅走上台阶,走进车厢里坐下。她靠在墙上,脸上露出痛苦的表情。

"我们要多久才能走?"米罗问道,担心得脸都皱了起来。

"档案是我们叫醒外公的唯一办法,"蒂莉说着,和米罗爬下车,回到站台上,"我们必须等一等,现在我们在长词号上了,可以多等一会儿,因为……哦,不。"

"怎么了?"伯比边说边扫视着大门那里,搜寻彼得的影子。

"看。"蒂莉说着,指了指地平线那边。

他们已经看不见档案馆燃烧的烟和火了,大门里边也什么东西都没有了,只有一团朦胧的黑雾飘浮在空中——不,它不是在飘浮,而是在向他们飘近。

"一切都在消失。"米罗说道。

"彼得怎么办?"菲莉丝小声地说道。

"我相信他就快来了。"蒂莉说道,可其实她并不确定。她不知道这一版的安妮和铁路上的孩子们是怎样运作的,这几个人物的性格都跟书里的不一样。这个版本是专属于蒂莉和米罗的,是从他们的记忆和内心衍生出来的。如果档案馆在安妮和彼得还在里面的时候解体,他们也会跟着消失吗?她见过源本书被摧毁时,人们的记忆是怎样消逝的。如果她从来就没读过《绿山墙的安妮》,她又会变成什么样的人呢?

"它从接缝处四分五裂了。"蒂莉惊恐地说,"这里有那么多的书魔法,可再也没有什么东西能把它聚在一起。档案馆管理员没了,规则没了,书行者也没了。而现在,阿尔忒弥斯也没了。"

"故事世界要把它夺回去了。"阿莱西娅虚弱的声音从车厢里传来。蒂莉意识到她是对的。那片黑雾就是故事世界本身,跟他们乘坐长词号穿行时见到的窗外景象一样。她只是从未见过它像现在这样移动。在长词号上时,感觉就像在墨黑的美丽太空中穿行,而这个……

这个感觉几乎就是个活物，会动，会思考，会把东西夺回。

"我们必须得走了。"蒂莉说，这个念头让她感觉很难受。

"再等一会儿。"米罗说道。

"我们不能丢下他们！"伯比喊着，往回朝着大门跑去，菲莉丝想都没想就跟了上去。他们的脚一离开长词号，站台上的鹅卵石地面就开始消散，留下了一道黑漆漆的鸿沟，把站在大门边的伯比和菲莉丝，与长词号分隔开来。

"他们会没事吗？"米罗盯着两个女孩说道，"我们能丢下他们不管吗？会没事的，对吧？他们是从我们的记忆中来的，不会受伤的吧？"

"我不知道，"蒂莉说道，"我也希望是这样，可我不知道，如果他们消失在书魔法中会怎么样。这可能有点像源本书被摧毁的时候。"

"不，不，不能那样，"米罗绝望地说道，"我不能失去他们，我们不能走。"

"可我不知道我们还有什么选择。"蒂莉说道，跟米罗一样沮丧。就快能救外公了，却被绊在这最后一步，还要冒着失去安妮的风险，这太让人难以承受了。米罗已经回到了车厢，无法再眼睁睁看着伯比和菲莉丝。那姐妹俩无助地困在大门边的一小块站台上，鸿沟分分秒秒在变得越来越大。

"对不起。"蒂莉朝他们喊道，感觉无助又愧疚。可她正要转身跟上米罗时，一阵不容错辨的脚步声在一片空旷中响起。

"等——等——"一个声音喊道。

46
我一直就知道这铁路被施了魔法
（再现）

灰扑扑的四肢和文件急急忙忙出现，彼得和安妮从大门里冲了出来，每人抱着一堆档案，档案脏兮兮的，落满了灰尘，彼得和安妮身上也是。

"我们找到了。"彼得得意地说道，突然停下脚步，看到了那一大片黑暗。档案馆残余的部分和长词号停在上面的那段铁轨被那片黑暗分隔开来，那里已经没有了坚实的地面，只剩下那段铁轨。蒂莉站在最下面那节台阶上，摇摇晃晃地挂在鸿沟边上。在彼得、他两个姐妹和安妮的身后，那扇大门也开始嘶嘶作响着消失了，于是这四个书中的人物看上去就像站在夜空中的一根柱子上，书魔法在他们周围闪着光芒，噼啪作响。

"你能接住吗？"安妮看着那道鸿沟，冲她喊道。

"我试试，"蒂莉说，"没别的办法了！"

"一次扔一份！"彼得喊道，把抱着的档案堆给伯比拿着。他拿起最上面的那份，对准蒂莉扔了过去。它滑向空中，书页翻动着，蒂莉伸出双臂,集中注意力望着它下落的弧线,眼睛一直没有离开过它。它重重地落在她的怀里,她感觉有些喘不上气,但这跟接住了它的解脱相比,根本算不了什么。她把它扔进身后的车厢里。

"下一份!"她喊道,这次安妮从自己那堆档案中拿起一份,小心地瞄准,扔了过去。可就在他们扔档案的时候,他们几个站着的地面也在逐渐消失,很快这四个人物就都挤在了一小块突出的地方上。菲莉丝拼命地抓紧伯比。

"就剩一份了!"安妮说着看了看书脊,"是你外公的,蒂莉!"

"米罗,我们准备好走了吗?"蒂莉喊道,米罗从驾驶室探出头来。

"你说走,就走。"他喘着粗气说道。

"准备好了吗?"彼得喊道,蒂莉点点头。

彼得把她外公的档案扔向空中,那本书越过了那片黑暗,但是角度不太对,他站着的地方已经没有足够的空间让他使出足够的力气扔了。蒂莉看到这书就要飞不过来了。

她往前倾去,单手抓住火车上的金属栏杆,向这一片空旷倾身过去。

当书页翻动着向她飞来,一切仿佛变成了慢镜头,外公的整个阅读生涯,以及最后一件她要收集来救他的东西——穿过故事世界呼啸而来。

她感到那份档案擦过了她的指尖,可是它太重,离得又太远了,她在这个角度没法接住。她沮丧地叫出了声,继续往前倾,直到就剩下指尖还抠在栏杆上时,她接住了!她的手拢住了书脊,她接住了!

可是,不,这股冲力太大了,她没办法再把自己甩回去,书还是太沉了,她感觉自己在往外滑。就在这时,一只强有力的手抓住了她的手腕,她背后一重,就被拉回了长词号上。她往后跌去,倒在了阿莱西娅身上。正是阿莱西娅拖着身子走到门边,救了蒂莉。

"我抓住你了,"她说,"但能不能请你从我脚上下去。"她疼得做了个鬼脸。

蒂莉从她身上翻下来,把外公的档案放在地板上,再次探出门去。

"米罗,"她朝上面喊道,"我们走,档案都拿到了。"她往外看着安妮、伯比、彼得和菲莉丝,几人都挤在仅剩的一小块石头上。

可是,就在那块石头完全消失之前,他们开始发光了。与此同时,蒂莉感觉自己的皮肤开始刺痛,她低下头,看到了手指上残留的炼金术士的长生不老药,黑暗的粉末在与书魔法一起闪光。一团魔法从她身上蹿了出来,她抬头看到安妮正咧着嘴向她挥手,书魔法轻柔的触角缠绕在这四个人物身上。

蒂莉从长词号中探出身子,把对安妮

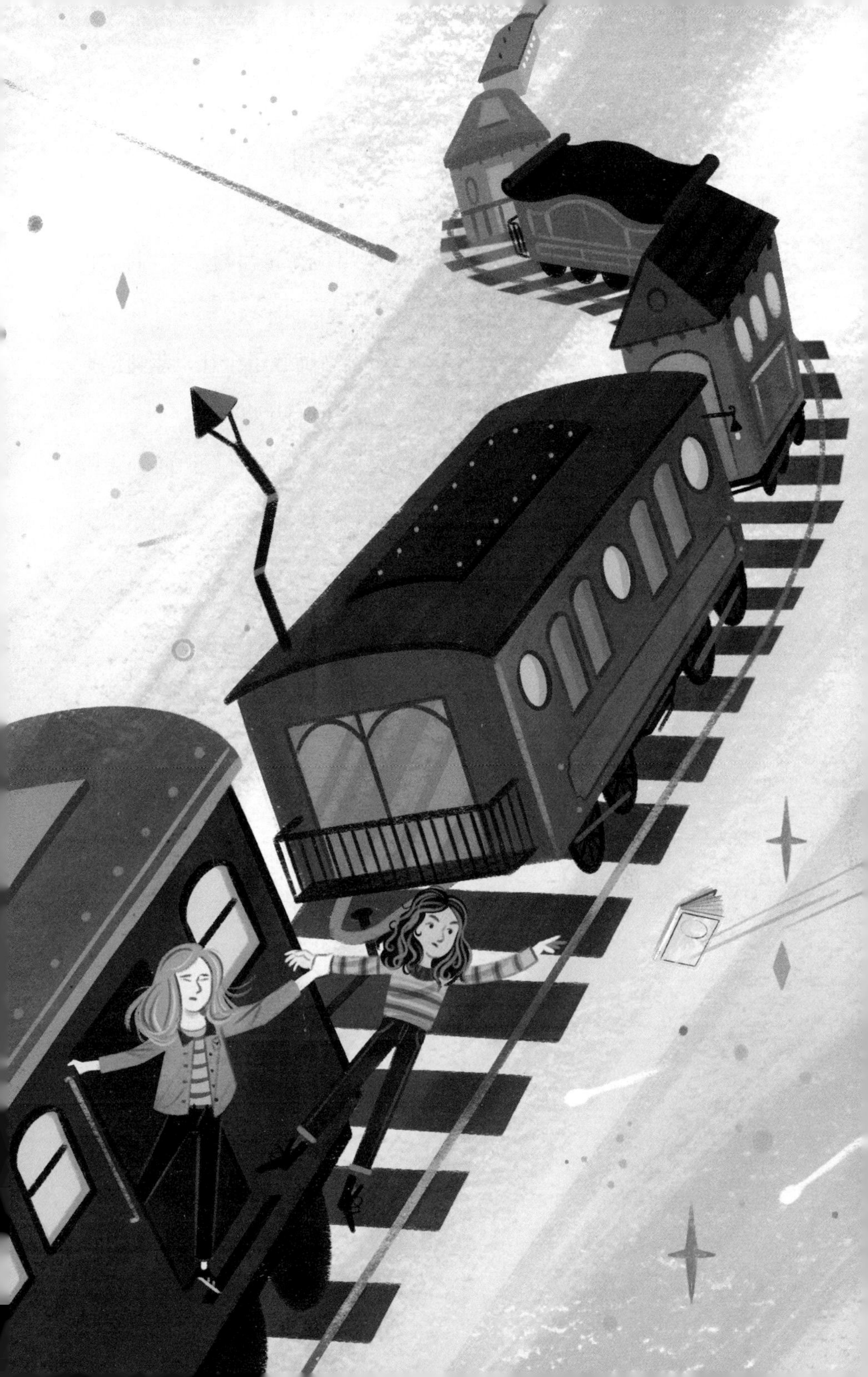

的最后一眼刻在心里。她看到米罗也从驾驶室探出头来,疯狂地向着那些人物挥手。书魔法又来把他们带回家了。

"再见,彼得!"他喊道,蒂莉能听出他在拼命忍着眼泪,"再见,菲莉丝!再见,伯比!谢谢你们!"

"再见,米罗!"他们回喊道。彼得咧着嘴敬了个礼,菲莉丝抓着姐姐的手疯狂地挥着,伯比飞吻了一下,他们开始淡去。

"真正的朋友,精神上永远在一起!"安妮喊道。长词号轰鸣着向前,蒂莉最后听到的是菲莉丝的声音,在这闪闪发光的黑暗中回荡。

"我一直就知道这铁路被施了魔法。"

47
更多的秘密

安全上路后,三个人瘫坐在霍拉旭的办公室里,筋疲力尽。米罗在霍拉旭的抽屉里给阿莱西娅找了些止疼片。伤口清理之后,看起来远没有蒂莉担心的那样吓人。不过,他们三个人全身都布满了擦伤的痕迹和血迹,还有灰尘和土。

"那么,档案馆和阿尔忒弥斯就这样消失了?"蒂莉问道,心里涌起一阵失落。她想知道既然档案馆被毁了,那她跟故事世界是不是就没有关系了,或者她的能力会不会改变和消失。也许这会永远终结她这不可预测的书行能力。

"想想所有那些档案现在都已经不存在了,真奇怪。"米罗伤感地说道,"但至少阿尔忒弥斯很开心。"

"她看起来是很高兴,"阿莱西娅皱着眉挪动身子,找到一个更舒服的位置,"她开始喘气和窒息的时候,我好害怕,但我想,那个药在她身上跟用在我父亲身上不会是同样的功效。我只希望她不管去了哪里,都能安然无恙。"

"阿莱西娅,有了这些档案,我们能就制成解药了吗?"蒂莉问道,"就在我们回家的路上?阿尔忒弥斯说过,一份档案燃烧的时候,会释放出其中的书魔法,所以,我们是要烧一点点我外公的档案,然后把那点书魔法加到解药里去?"

"我猜……是吧?"阿莱西娅说。

"希望是这样。"蒂莉说道,"你真的愿意把从炼金术士那里拿来的那瓶解药给我外公用吗,米罗?"

"我真的愿意,"米罗说道,"我们可以用阿莱西娅的配方再做一些解药,霍拉旭的档案我们也有,所以先治好阿奇吧,没准他还能帮我们找到制药需要的各种配料。如果我们走运的话,有些配料甚至很可能就在那个纲目里。"

蒂莉瞥了阿莱西娅一眼,发现她的表情有点奇怪,可是蒂莉一心在制成解药上,没顾上去担心。她把那盒火柴从阿莱西娅的背包里取出来,拿起外公的档案。这份档案非常大,这是饱含了故事、冒险和书行经历的一生。不过,她还没有看得太仔细,因为这档案是非常私人的东西。她看都没看就撕了一页下来,希望能管用。

米罗从食品储藏室拿来一个锡盘,蒂莉小心地划燃火柴,点燃了那张纸的一角。火焰蔓延,纸张很快被烧黑卷了起来。蒂莉把它扔在盘子里。它闪烁着,燃烧着,然后火熄灭了,留下一片焦黑的纸。

"药瓶准备好了吗?"她问米罗。米罗把之前放在霍拉旭桌子上的盒子取来,非常小心地拿出那个玻璃瓶,打开上面的盖子,递给蒂莉。蒂莉从锡盘上捏起一撮灰,洒进了瓶子里。

米罗牢牢地塞上盖子,轻轻地摇了一下瓶子。一道彩虹般的微光从中闪过，接着它又恢复了深紫的颜色。

"就是这样吗？"蒂莉对阿莱西娅说，"这样能行吗？"

"我觉得行，"阿莱西娅说道，"这一剂是我爸爸做的，只需要这最后一种配料。"

蒂莉松了口气，"太感谢你了，阿莱西娅，"她说，"我都没法告诉你我的家人会有多感激，大家见到你都会很兴奋的。"

阿莱西娅微微笑了一下。"还有多久能到？"她问。

"没多久了。"米罗说，"一个小时左右？我们应该休息休息，或者吃点东西。"

可是他们什么还没来得及做，一阵清脆的铃声响了起来，很像是门铃的声音。

"又搞什么啊？"蒂莉说道，又累又怕。

"哦，别担心，是邮件的声音。"米罗说道。

"这邮件究竟是怎么送到这儿来的？"蒂莉说道，"我和奥斯卡通过卷尾环衬给你写过信，可一次都没成功过——在书的最后我们写了好多好多便条和信，从没收到过你的回信。"

"我发誓我一封也没收到过。我没有不理你，我保证！它平常的确是有效的，霍拉旭就是通过这种方式从客户那里收到订单的，他跟炼金术士之间估计也是这么联系的。我猜他只是懒得把你的便条传给我。还有，说实话，他可能还看过。我希望你没说什么不好让他知道的事。"

"那我想他可能是觉得那些信都太无聊了。"蒂莉说道，笑着想霍拉旭可能会一脸嫌弃地看她和奥斯卡寄来的信，读那些笑话、故事和问题。

"我们来看看是什么东西吧。"米罗说着站起来，走到车厢壁上的一块金属板子前面，用叔叔的钥匙开了锁，抓住底部一个窄窄的把手将板子掀了起来。令人不可思议的是，板子下面有一个信箱，信箱下方是一个黄铜色的托盘。托盘里有几封信，米罗抄起托盘，端了过来。

"哦，看！"他高兴地说道，"这是你寄来的！是你寄来，让我午夜回去接你的那张便条！"

里面还有两封邮件，一封是用厚厚的乳白色的纸写的，上面的蜡封上印着一个再熟悉不过的符号。

"是我爸爸寄来的。"阿莱西娅说道，听起来很无奈。

"你想念信吗？"米罗问道，她摇了摇头。于是米罗撕开蜡封，展开信纸。"是写给你的。"他对蒂莉说，把信递了过去。

"亲爱的玛蒂尔达……"她念出声来。

亲爱的玛蒂尔达：

我对你的决定和不辞而别都深感失望。我毫不怀疑我女儿给你们洗脑了，谎称我有别的意图。我的意图就是我告诉你的那样。不过没关系，你要知道，我给出的条件仍然有效。如果你能从植物学家那里帮我把那本《万书之书》取回来，我就会把你外公的解药给你。鉴于局势已经升级，我也愿意保证你和米罗·博尔特的安全，不管我之前跟霍拉旭签的合同条款如何。但也请你理解，如果你选择不合作,而拿你余下的家人的健康来冒险——你知道,我也并不是一个只会口头威胁的人。我期待着在威尼斯再见到你,带着那本书来。

你的

杰罗尼莫·德拉·波塔

蒂莉感觉恶心,他在拿外婆和妈妈威胁她,更不用说提出保护米罗,作为某种背信弃义的交易。

"他在撒谎,"阿莱西娅说,"他说的话你一个字也不能信,他只想要那本书。"

"我们为了救外公已经做了那么多事了,"蒂莉说,"我不能再拿家人冒险。另一封信是什么,米罗?也是他写的吗?"

"不是,"米罗慢慢地说道,扫了一眼另一张纸,随即瞪大了眼睛,"我想是植物学家写的——在说毒药的事。"

崔拉旭,

希望你一切都好。关于我请你查的那本毒药纲目,请同步给我你目前的进度。你知道,没有这本书里的东西,我们就无法继续现在的工作以阻止炼金术士。我知道你妈妈也很想见你,你已经很久没来了。

你最好的

R

"你奶奶和植物学家在一起?"蒂莉震惊地说道,"我还以为她已经过世了——否则霍拉旭是怎么成为司机的?"

"又多了这么多秘密。"米罗说道,"我们知道那次热气球事故里没有她,可是炼金术士曾说她不太体面之类的,也许就是因为那次事故?我不知道……我猜我并没有意识到自己有多希望她还活着,直到看见这个……"

"这个R肯定就是那个植物学家,"蒂莉说道,"阿尔忒弥斯告诉过我,植物学家的真名叫罗莎。"

"但更重要的是,这信上说她和你叔叔正在联手,要阻止我父亲。"阿莱西娅说,"那本纲目你们已经拿到手了?"蒂莉和米罗点点头。"那好,我们得去把这东西带给她——我们应该先做这件事。"

"不!"蒂莉惊恐地说,"我们得先去唤醒我外公——你在说什么呢?"

"而且蒂莉的家人也能帮助我们,"米罗说道,"我们可以在佩吉斯书店制订一个合适的计划。不过不要担心,我们始终是一伙儿的。我们一定要和植物学家谈谈。"

"那你知道她在哪儿吗?"阿莱西娅说道。

"知道,"米罗说道,"在诺森伯兰郡。我从来没在长词号到那儿的时候下过车,但我认识停车的地方,而且,只要你见过那儿一次,就很容易想象出来。它就在哈德良长城边上,在两座山间的一个斜坡上,那儿有棵梧桐树。我能想象出那个画面。"

"别使劲想,"蒂莉焦急地说道,"在回家之前,我们不想改道去那儿。"

"别担心。"米罗听上去累坏了,"我现在已经差不多掌握驾驶的技巧了,我们是一定要先回佩吉斯书店的。既然你外婆已经照顾你外公好几个星期了,我之前还希望她也能照顾一下霍拉旭,确保他没事。他都昏迷整整一夜了,我们也没给他喂点水什么的。"

"我相信她会愿意的。"蒂莉说道,一想到就要见到外婆和妈妈了,她感觉心跳都加速了——还有点担心要怎么跟他们解释自己溜去哪儿了。不过她拿到解药了,她做到了,他们做到了。他们能救外公了。

米罗卷

48
有很多事要解释

"我们到了。"米罗说道，感觉长词号开始减速了。

离佩吉斯书店越近，他就越感到不安。佩吉斯家那温暖好客的厨房吸引着他，但是即将发生的转变也难以避免。他们三个是一个团队，而蒂莉马上就要回归自己的家庭，这变化让他感觉心里很不安稳。他能看出到了这里，阿莱西娅很明显也非常紧张。蒂莉的家人也许有过一段复杂的过去，但他们深爱着彼此。而阿莱西娅甚至不知道自己的母亲是谁，父亲又是一个邪恶的天才，这必然是要付出代价的，米罗想。

他自己也没好到哪儿去。米罗从没认真想过自己是不是爱叔叔，这件事光想想就很荒谬。可霍拉旭是他唯一认识的家人，而且从很多方面看来，霍拉旭所做的一切都是为了保护他，这也是某种程度上的爱，他想。

和上次一样，长词号设法蜷缩在书架之间，像一只打瞌睡的猫。米罗打开车门，走进黑暗的书店。墙上的挂钟显示现在是早上七点半，晨光透过窗户洒落进来。一本本书在这夏天旭日充满希望的新鲜光芒中被照亮。

"快点！"蒂莉兴奋地叫道，回到家她的眼睛都亮了。她抓住米罗的手，使劲拽着他往前，走向那扇厨房门。

"我得帮帮阿莱西娅，"米罗说，"你继续走。"

蒂莉不需要再被告诉第二次，跑向前打开了门。米罗听到一阵愉悦的喊声和松了一口气的声音往外传来，很明显大家都已经发现她不在家，尽管到最后她并算不上不见了。米罗和阿莱西娅缓慢而小心地朝厨房走去。因为脚踝处的伤，阿莱西娅重重地挂在米罗的胳膊上。米罗突然发现自己很高兴还有她也在这里。

他们一踏进厨房，就被潮水般涌来的拥抱、亲吻和慈爱包围了。埃尔茜立即让阿莱西娅坐到一把厨房椅上，把那只脚搭在另一张椅子上，然后在急救箱里翻找起来。贝娅紧紧地搂着蒂莉，望着女儿身上的擦伤和打结的头发，额头上刻满担心。米罗站在一边，不知道该怎么安置自己。他接过一杯热巧克力，桌子上有一盘烤面包片。阿莱西娅坐在那里，冲米罗微微一笑，米罗也努力想对她笑笑，但不知为什么眼泪老想要跑出来。于是他转而喝了一口热巧，烫到舌头了都没注意。

"好了，"等他们都安定下来，埃尔茜说道，"很显然，你们有很多事要给我们讲，有很多事要解释。"

"别管那些了。"蒂莉开始说道。

"别管了？我们明明告诉霍拉旭不接受他的条件，你还半夜偷跑出去，别管这个了？"埃尔茜扬起一边的眉毛说道。

"对！别管这些了！"蒂莉说着，兴奋得冒泡，"因为我们拿到了，外婆！我们拿到了，我们找到解药了！"

埃尔茜重重地坐到了一张厨房椅上，脸涨得通红，"你确定有用吗？"她轻轻地问道。

"差不多吧，"蒂莉说道，"不过这是我们大家一起找到的——要不是阿莱西娅，我们也不会知道如何完成解药的制作。她还能做出更多解药，这样我们就能把霍拉旭也唤醒了。"

阿莱西娅露出一个虚弱的微笑。

"好吧，那我们还等什么？"贝娅说道，"来吧，妈妈，我们去唤醒他。"

米罗坐着没动，不想去打扰这样私人的时刻。

"如果你们俩以为这件事跟自己无关，那就比我想象的还要傻了。"埃尔茜说，"很明显，没有你们，蒂莉是做不到的。快，上楼吧。"

"阿莱西娅上不了楼梯，"米罗说，"我陪着她吧。"

"哦，那好吧。"埃尔茜说，"不过，我相信阿奇一醒来，就会来感谢你们的。"她急着去救丈夫，没再坚持要他们上楼。

埃尔茜、贝娅和蒂莉兴奋地喊喊喳喳说着走了，阿莱西娅转身面对着米罗。

"我有话跟你说。"她说，看起来很难受。

"什么事？"

"我并不知道怎么做出更多的解药，"她坦白道，"对不起。"

"你骗我们?"米罗不可置信地瞪着她。

"不,并没有,也不能说是骗。"阿莱西娅说道,"我确实有配方,只是有很多配料我都不认识是什么,也不知道上哪儿去找。我确实认识的那些又真的很难找,不是简单地去个药店、超市或者花园那么简单。他们藏在书里,藏在图书馆里,藏在各种各样的地方。"

"好极了,"米罗静静地说道,听进去了,"可是……可是我叔叔怎么办?"

"对不起,米罗,"阿莱西娅说着,快要哭了,"可我当时急需你帮我逃跑,你不知道跟他住在一起是什么情形。我需要让你们俩离开,带我一起走——但我真的什么也没有骗你们!你们要是继续留下,他真的会杀了你,也绝不会把解药寄到这里来。我有配料列表,所有的配料,我发誓。只是……只是找到这些配料并不容易。"

"可是……"他顿了一下,楼上响起热烈的欢呼声,"我猜解药起作用了,"他说,"至少你这一份弄对了。"

"对不起。"阿莱西娅又说了一句。

"我明白。"米罗说道,他真的明白。他明白孤独是什么感觉,明白没有真正关注你的朋友或家人是什么感觉。阿莱西娅的处境更危险,他感觉比起蒂莉,他跟阿莱西娅的身世更相似。在他发现霍拉旭在努力保护他之前,他也可能会抓住机会逃离长词号。但与此同时,阿莱西娅对他和蒂莉隐瞒了这件事,又让他感到困惑,不知道该对她说什么。

好在下楼的嘈杂脚步声拯救了他,让他不必去弄清楚这个问题了。厨房的门开了，露出埃尔茜和贝娅哭泣的脸，还有脸蛋红扑扑笑着的蒂莉，以及虽疲惫不堪、面色苍白但显然已经清醒了的阿奇。

"我听说这件事得感谢你们。"他说道，颤抖的声音使他显得比实际年龄更苍老。他伸出手来握手，等米罗握住后，他另一只手也覆上来包住了米罗的手。

"谢谢你，米罗，"他说，"我们一辈子欠你这个人情。还有你！我想你就是阿莱西娅吧？听起来你是冒着很大的危险，去救一个根本不认识的老人。谢谢你。"

阿莱西娅只是勉强笑了一下，这很容易让人以为是脚踝不适的缘故。

埃尔茜领着阿奇在椅子上坐下，把毯子盖在他的膝盖上，又端来一大杯水。

"喏，米罗，"她说，"蒂莉说你叔叔也中毒了，你却让蒂莉把解药给阿奇服用了，真是太无私了。我们会倾尽所能帮助你，虽然我听说由于有阿莱西娅在，大部分所需的东西我们都已经有了。"

阿莱西娅哭了出来。

"我们并没有期望中的……那么多东西，"米罗说道，没有看阿莱西娅，"阿莱西娅有配方，但是那些配料可能比我们想象的要难找一些。"

"哦，你现在有我们，还有阿米莉亚，都可以帮忙，"埃尔茜说道，"明天我们就把配方给地下图书馆的管理员，他们就可以开始找。但眼下我们是不是把你叔叔从火车上移下来，挪到床上去，这样更方便照顾一些?"

米罗感激地点点头。

贝娅陪着阿莱西娅待在厨房里,埃尔茜带着米罗和蒂莉去霍拉旭的车厢。米罗打开门锁,三人爬上火车,走到霍拉旭躺着的床边。霍拉旭看上去就像只是睡着了,除了那紫色的指尖。

"跟阿奇一样。"看到那个颜色,埃尔茜难过地说道,"好了,我抓住他的两个胳膊,你们俩一人抬起他的一条腿,走动的时候注意不到让他的脑袋撞到门。"

整个队列有点尴尬,米罗很庆幸,霍拉旭不会记得这次来到佩吉斯书店是这么不体面。他们一回到厨房,贝娅就也过来帮忙了。四个人合力把他抬上第一段楼梯,进了一个房间。

"别太担心,"埃尔茜说着,轻轻搂住米罗的肩膀,"我们已经照顾了阿奇两个星期,你看他现在也好好的。喂点好东西,细心照料,他很快就会恢复正常的。我们一定会照顾好你叔叔,直到能把他唤醒。"

等到把霍拉旭安置在新铺好的床上,他们又全都围坐到餐桌旁。可是,当他们问阿莱西娅更多关于配方和配料的细节时,当蒂莉解释他们了解了多少关于炼金术士和植物学家的事时,米罗感到越来越焦虑和不知所措。

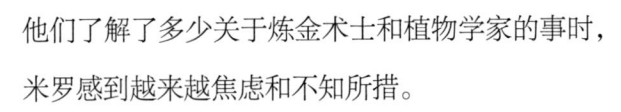

"你们觉得我们应该直接去找植物学家吗?"他说道,但他这个问题淹没在了佩吉斯一家友好的交谈中。他们每冒出一个意见,都在跟彼此亲

切地交谈,埃尔茜和阿奇想去地下图书馆,对解药做一些严肃的研究,还有阿莱西娅笔记本上记载的炼金术士所有的配方和阴谋。

"我叔叔跟植物学家已经有计划了。"米罗指出。

"问题是,霍拉旭睡着了,这个计划现在很难被考虑进来。"埃尔茜和蔼地说。

"可是我们得把那些毒药带给植物学家,"米罗说,"如果这件事不重要,我叔叔最后几句话就不会这么说。我们已经偏离过一次轨道了,是因为那时我不明白,可这就是我们得去做的事。我相信植物学家会帮我们找到一些做解药的配料。"

"米罗说得对,"蒂莉同意道,"毕竟她搜集图书就是为了这个。"

"我们对她一无所知,"埃尔茜说道,"不过肯定是可以联系到她的。我相信阿米莉亚能在地下图书馆里找到有关她的记录,我们明天可以让她去查一下。不过在知道这位植物学家是什么人之前,不能太冒险。米罗,亲爱的,你叔叔有些不同寻常的路子,不是所有的都安全。"

对此,米罗也没什么可争辩的。

但有一件事他无法忽视,一件别人好像都忘了的事——他奶奶跟植物学家在一起。任何一个致力于阻止炼金术士的人,都不会想着先去弄明白埃瓦莉娜身上发生了什么事,米罗明白这是对的。可是这又是他得去做的事。他得救自己的叔叔,得找到自己的奶奶,而这一切都要从植物学家开始,尤其是她也在对付炼金术士,这一点对于他来说显而易见。但是随着谈话的继续,他越来越觉得自己被边缘化了。

尽管他的家庭卷入了这一切，他还是觉得自己越来越没用。

他瞥了一眼阿莱西娅，发现她也在静静地观察。毕竟是她父亲惹出了这么多问题，她一定很想好好帮忙，她也肯定知道很多有用的信息。同时，佩吉斯一家还在争论着该怎么办，他们在用一种轻松熟稔方式交谈着，有些只有家里人才懂的含糊的表达，还不断提到米罗不认识的人和事。

桌子对面响起一声咳嗽，他抬起头，发现阿莱西娅正试图引起他的注意。她的咳嗽声并没有打断佩吉斯一家的交谈，于是她扬起眉毛，冲门口的方向点了点头。米罗看了一眼蒂莉和她的家人，点头回应。

"我们出去一下，去长词号上拿点东西。"他说着站起来。

"好的，亲爱的，"埃尔茜说道，几乎没有中断谈话。米罗扶着阿莱西娅站起来，这动静引起了蒂莉的注意。

"需要我也去帮忙吗？"她问道。

"不用，"他回答，"你跟家里人待在这儿。"蒂莉给了他一个大大的微笑。米罗和阿莱西娅就这样离开了厨房的温暖和灯光，来到了明亮但空无一人的书店里。

"我们要靠自己干了，是吧？"阿莱西娅说道。

"我想我们必须得自己干了，"他回答，"不过我们该留张便条，让他们知道我们去哪儿了，并且还会回来的。我们得从植物学家那儿开始，把那个毒盒子给她。"

"你还得弄清楚你奶奶是不是在那里，"阿莱西娅说道，"我明白，也真心抱歉,关于治疗方法,我并没有全说实话。"

"我知道,"米罗说道,"我已经原谅你了。"

米罗快速地在一张便签上给蒂莉和她的家人写了张便条,并把它留在佩吉斯书店的前台,以便他们容易发现。

> 亲爱的蒂莉:
>
> 我们去找植物学家了,找到解药和一些事的答案就回来。你知道怎么给我们写信,保持联系。
>
> 再见。
>
> 米罗和阿莱西娅

米罗知道,是时候和阿莱西娅悄悄地、快速地溜走了。他扭头最后看了一眼厨房的门,可他们需要的东西都备齐了。

他扶着阿莱西娅上了长词号,跟在她身后上车,关上了车厢的门。现在,这就是他俩的故事了。

(本册终)